Miguel Delibes

Prólogo-Dedicatoria

A mis amigos cazadores que, por descontado, no son gentecilla de poco más o menos, de esa de leguis charolados y Sarasqueta repetidora, sino cazadores que con arma, perro y bota componen una pieza y se asoman cada domingo a las cárcavas inhóspitas de Renedo o a los mondos tesos de Aguilarejo, a lomos de una chirriante burra o en tercerola, en un mixto de mala muerte, con la Doly en el soporte o camuflada bajo el asiento, sin importarles demasiado que el revisor huela al perro ni que el matacabras azote despiadadamente la paramera; a esos amigos cazadores —digo— de buen corazón y mala lengua, para quienes cazar en mano continúa siendo un deporte, pese a que la perdiz y la liebre se muestran cada día más reacias a aguardar amonadas en un chaparro, y pese, no menos, a los multitudinarios y descansados ojeos y a los pasos de palomas de Echalar, que así, tan vergonzosamente, señores, se las ponían a Felipe II; a esos cazadores —digo— que todavía van a la pieza noblemente, porque la pieza, pese a todo, aún sigue siendo para ellos un trofeo y una suculenta merienda, va dedicado este libro.

Y, en especial, a mi padre, que me enseñó a amar la caza y que a más de la escopeta, la canana y el morral, aún sube gallardamente sus ochenta años ladera arriba; y a mi cuadrilla: Antonio Merino, puntilloso tirador, Vicente Presa, a quien le gané la última comida en su feudo de Villamarciel —aquel parro le bajé yo, Vicente—, Santiago R. Monsalve, en sus primicias entusiastas, y a mi hermano José Ramón, que nos dejó por otra, y solía llevar de postre un tocinillo de cielo.

A todos un abrazo.

M. D.

15 agosto 1954, viernes

Al fin dejé el Instituto. Me viene al pelo porque aquí no están desdobladas las clases ni hay permanencias. Veré de agenciármelas para hacer unas pesetillas por las tardes.

Don Basilio, el director, me recibió bien y me soltó un discursito. Le dije lo de la casa y él me contestó que aguardemos una semana porque ahora están los pintores. A la madre no le gusta el traslado. Dice que ella preferiría morir donde vivió treinta años. Todas las viejas tienen las mismas pamplinas. Finalmente la convencí con lo de la renta.

Por otro lado, me dicen que aquí los obvencionales son sustanciosos, y hay una gratificación extra por Navidad. No para echar coche, desde luego, pero menos da una piedra. En fin, si las cosas vienen como espero, podré comprarme para diciembre la Jabalí del 16. Aquilino me dijo ayer que aguardará unos meses antes de sacarla a subasta. Me queda un poco larga de culata, pero Melecio podría cepillarla con cuidado. Por lo demás, me viene que ni pintada, es ligerita y los tubos brillan de tal modo que hacen daño a los ojos.

En el café volví a discutir con Tochano. Cuando Tochano coge una perra hay que sentarse. Me dice que por qué tiro con el 16, habiendo un calibre mayor y otro más pequeño. Apuré toda clase de razones, pero no le convencí. Acabó con la de siempre, diciéndome que estaba enviciado y que el 16 es un calibre a extinguir. No le basta que yo me acierte con él. Será porque soy zurdo, como él dice, pero yo me arreglo con él y no veo motivo para ensayar otro.

16 agosto, sábado

Estuve por la mañana con don Basilio viendo la casa. Los pintores la han dejado como nueva y huele a limpia. Lo celebro porque, según me dijo el señor Moro, la mujer de Ladislao era una tía guarra. El piso no tiene otro inconveniente que el de estar en la parte alta del edificio, expuesto a todos los vientos y a todas las inclemencias. El señor Moro me dice que con las lluvias del otoño salen goteras. Veremos de andar al quite.

18 agosto, lunes

A las seis de la mañana alquilé un carrillo de mano e hice el traslado. La madre anduvo llorando un rato, agarrada al quicio de la puerta. La Modes no quiso venir a echar una mano, eso que la avisé ayer. La Modes siempre anda a lo suyo. Si alguna vez viene por casa es a pedir. No he visto otra mujer que haya cambiado tanto como ella con el matrimonio. A todas horas anda desgreñada y sucia como las de la tirada del carbón. Cuando le dije lo del traslado me contestó que quién iba a atender lo suyo entonces. Le advertí que haría el traslado de los trastos de madrugada, antes de levantarse Serafín y de despertarse los críos, pero ella dijo que nanay. En cambio Melecio estuvo trajinando como un forzado hasta las ocho y media que se fue a la sierra. Tiene unas manos muy hábiles el condenado. Melecio es uno de esos tipos que no hace un solo movimiento de más. Al concluir la tarea, me dijo que ayer oyó decir en la Sociedad de Cazadores que el 24 se levanta la veda de la codorniz. Al parecer no hay mucha, aunque de la parte del páramo se las oye cantar. Dice que, en cambio, la perdiz crió bien este año y que se ven polladas de igualones por todas partes. Cuando oigo decir estas cosas me entra frío por la espalda. Desde marzo no he disparado un tiro. ¡Desde marzo, Señor! ¡Se dice pronto!

19 agosto, martes

Me despertaron los gorriones piando como locos en la azotea. Dice el señor Moro que la señora de Ladislao tenía la costumbre de echarles las migajas de pan de las sobras al levantarse. Así se explica que hubiera más de un ciento de ellos revoloteando entre las chimeneas y los tendederos. La madre llevaba un rato levantada, rutando porque no le tira la cocina. Debe de ser por el tiempo quedo, sin una brizna de viento. De todas formas a estas cosas hay que cogerles el punto flaco. La madre estaba hecha a la cocina de la otra casa y ésta le extraña. Además, la madre siempre anda dispuesta a protestar. Es su manera de ser. Todavía no ha hincado el pico. Se le ha ido el día recordando a la señora Rufina. A las siete me dijo: «¿Y qué hago yo a estas horas si no puedo sacar una silla a la puerta?». «Siéntese en la azotea, madre», le dije yo. Ella dijo: «Ya, a ver pasar los pájaros, ¿verdad?». A la mujer no le falta razón, pero cuando hemos cenado a la fresca, bajo un techo de estrellas, se le ha desarrugado el semblante. A medio comer me pidió la toquilla porque notaba el relente. Yo le dije que de cuándo acá había necesitado la toquilla en agosto. Al concluir, la llevé a la baranda para que contemplara las vistas. Ella se asomó y dijo: «Es muy hermosa nuestra ciudad, ¿verdad, hijo?». Desde la azotea se divisa un mar de luces y todo está en silencio, como muerto. Sólo de vez en cuando le asusta a uno el silbido de un tren. Cuando le mostré el Sagrado Corazón, se le alegró la cara y se santiguó: «Lo tenemos aquí cerquita, hijo. Casi al alcance de la mano», decía. La notaba sobrecogida porque el Sagrado Corazón, iluminado por una luz blanquecina, parece tal cual una aparición milagrosa.

20 agosto, miércoles

De día es aún más hermosa la vista de la ciudad. Al pie de la casa brillan los carriles de la estación y se divisa el movimiento de los trenes sin que se oiga su jadeo. La ciudad queda enfajada por el río y de la otra orilla hay un extenso campo de remolacha, protegido por unos tesos rojizos, salpicados de vides. En las otras direcciones, la ciudad se pierde en unos arrabales polvorientos.

Melecio pasó la tarde en casa. Anduvimos recargando. Parece que lo de la codorniz es un hecho. Sacamos una mesa a la azotea y allí estuvimos a la fresca. El perdigón sigue subiendo. Nos lo han cobrado a 22. Menos mal que para la codorniz ponemos media carga. Melecio se da buena maña para calcular la pólvora. Yo me limito a numerar las tapas y a rebordear los cartuchos cargados. Siempre que hago esto, sea donde quiera, me acuerdo de la primera vez que salí al campo con el padre, después que la guillotina de la imprenta le segó la mano. Marró una liebre que le arrancó de los mismos pies en unas pajas y tiró la escopeta. Luego se puso a llorar, se sentó en un mojón y me dijo: «Esto no debes hacerlo nunca, hijo». Yo le pregunté: «¿Se puede cazar con una sola mano, padre?». Él dijo: «Por lo visto, no». A partir de aquel día empezó a consumirse y se nos fue en tres meses. ¡Qué cosas! Sólo contaba cincuenta y dos años. El médico decía: «Por más que le hurgo no le encuentro ningún mal». Mi madre dijo: «Es la pena, doctor». Y se murió y aún estamos aguardando el diagnóstico. Es chocante cómo cada vez que me siento a recargar me acuerdo del padre. Y también cuando me veo en el campo, con el sol arriba y un cansancio doloroso en los pies.

Al marchar Melecio, le pregunté dónde iríamos el domingo 24 y me dijo que ha oído que en Villatorán hay un corro grande de codornices. Iremos, pues, a Villatorán.

21 agosto, jueves

A la una fui a casa de Melecio a ver a la Doly. Está crecida la zorra de ella y tiene buena estampa. Estuve un rato enseñándola a cobrar con la boina vieja de Melecio. Pero ella lo echa a barato. Es un animal retozón y zalamero. O mucho me equivoco o no tiene casta. No volveremos a agarrar una perra como la Ina. Malas pulgas sí gastaba la condenada, pero conocía el oficio como nadie. Todavía recuerdo la perdiz alicorta que me cobró en lo de la Diputación. ¡Aquello eran vientos!

De regreso, me topé con la Modes. Al verme se echó a llorar. Siempre hace igual la chalada.

Le dije que si a pedir limosna, y ella respondió que Serafín estaba enfermo. Me supuse que sería otra vez el vino, pero ella dijo que no, que esta vez tiene calentura. «¿Y el Seguro no paga?», dije yo. «Ése es otro cantar», respondió ella suspirando. Le di una pela, porque aunque le diese cinco sé que volverá mañana. A mi hermana le hizo la boca un ángel.

En el café estuve con la peña de Tochano. Parecen confabulados para no decir dónde piensan abrir la temporada. También yo me callé que en Villatorán hay un corro grande. Si quieren codornices, que las busquen. De todas formas no creo que Tochano y su partida se conformen con matar pajaritos el domingo. O mucho me equivoco o irán a la linde de lo de Muro, a las liebres. Jugué la partida con ellos y palmó el Pepe los cafés. Como acostumbra, lo anotó en cuenta. Don David no le puso buena cara.

22 agosto, viernes

He pasado un rebufe del demonio. Encontré llorando a la madre al regresar del café y me dijo que la hija segunda del señor Moro la había llamado tía. Le dije que se explicase y me dijo que desde hace cuatro días las hijas del señor Moro cuelgan la ropa en nuestro tendedero y hoy nos arrancaron un palo. Me endemonió la cosa, pues hace una semana me tiré la tarde colocando el alambre. Como no me gusta andar con tapujos pasé a casa del señor Moro y le dije que, con todos los respetos a su edad, no estaba dispuesto a molerme para él y los suyos. Las tres candajos de sus hijas vinieron a mí como tres furias y me dijeron que me explicara. Yo me expliqué a mi modo, y la Carmina, al concluir, me chilló que podía meterme el tendedero en el culo. El candongo del señor Moro me dijo que lo que yo decía no era cierto y que el tendedero lo había arrancado el viento. Fuera de tino le pregunté que qué viento. Él me pasó a la habitación vecina y me salió con que si yo había caído aquí al olor de la conserjería. «Vamos, vamos, ¿es eso?», le dije. Él me dijo entonces que tenía muchos años y sabe que nadie dejaría el Instituto por esto si no esperara un ascenso. «Yo no vine aquí a hocicar —dije lealmente—. Eso no quita para que si don Basilio me ofrece la conserjería le vaya a arrugar el morro.» El viejo empezó con que don Basilio le tiene aquí y que si el cargo lo dan por antigüedad, como debe ser, yo no pinto aquí nada. Me recomió el retintín y le contesté que no estaba allí para hablar de la conserjería sino del tendedero y que, aunque joven, no me gusta que nadie se me siente en la barriga. Le dejé con la palabra en la boca.

He estado un rato en la azotea contemplando las luces de la ciudad.

23 agosto, sábado

Tengo un remusguillo dentro del cuerpo que no me lamo. He sacado a la cocina las botas, los pantalones de dril, la camisa vieja, la canana, la percha y la escopeta. No quisiera despertar a la vieja cuando salga de madrugada. Melecio estuvo aquí por la mañana y por la tarde. Con unas puntas afirmamos el cajoncito en el soporte de la bicicleta. Melecio trajo los pistones que nos recargaron en la cárcel. Supone una buena economía porque hoy día los pistones son un renglón. Le pregunté a Melecio si sabía dónde iban los de Tochano y piensa lo mismo que yo: que saldrán a las liebres. Le dije que si la Doly no se asustaría de ir en el soporte y me contestó que no lo cree fácil. Cuando se fue, estuve quitándole la grasa a la escopeta y me acosté temprano; pero, como me olía, no me pude dormir. No sé por qué me viene a la sesera cada vez que se abre la temporada la perdiz aquella de Villalba; la que me hizo la torre. La condenada no llevaba sino un perdigón en la cabeza. Le pegué a cincuenta metros cuando menos. He pensado en ella y luego he pensado en cuando yo era chico y dejaba los tiros cortos. Don Florián, el cura párroco del Carmen, se hartaba de decirme: «No es eso, mozo. No pares la escopeta cuando oprimas el gatillo. De otro modo, adelanta el tiro para que la pieza se encuentre con él». Pero yo no podía seguir sus instrucciones porque arrancarme la pieza y perder la cabeza era todo uno. Él decía: «Si no sabes reportarte es mejor que cuelgues la escopeta, mozo». Yo lloraba por las noches y me decía que nunca sería un buen cazador. Alguna vez, de casualidad, yo cobraba una caza y entonces la apretaba el pecho con toda el alma y encontraba un placer dañino en verla abrir y cerrar la boca en los estertores de la agonía. Y me gustaba ver mis manos untadas de sangre. Ahora, cada vez que encuentro a don Florián, inflo el pecho. Va y me dice: «¡Quién me iba a decir a mí que aquel rapaz sería con el tiempo la mejor escopeta de la provincia!». Yo lo echo a barato: «¡Qué cosas tiene, don Florián! ¡Qué más quisiera yo!». Él me da unos golpecitos en la espalda: «¿Quién si no?». «Docenas, señor cura. Hay docenas de ellos que funcionan mejor que yo.» Y él pone una sonrisa resignada. Yo pienso que el día que me ocurra lo que a él, que el reúma o el asma o la historia no me dejen salir al campo, me moriré de asco. Como el padre. Eso es, igual que el padre. Voy a intentar dormir, aunque de seguro volverá la perdiz aquella de Villalba. A las seis he quedado con Melecio frente a la botica de Creus.

24 agosto, domingo

El corro de Villatorán debió subirse al páramo. Ha cedido un poco el calor y la codorniz es muy sensible al cambio. En la huerta se constipa en días así. Por lo que he podido oír, casi todos los excursionistas se quedaron a la luna de Valencia. Decididamente no hay codorniz este año. Melecio me recordaba la primera salida del año pasado en la que cobramos 116. Hoy hicimos 21, pero después de un buen jabón. Claro que la Doly es nueva y no parece le sobren vientos. En el arroyo trabajó mal y únicamente hizo tres muestras, una de ellas a una calandria. Mala cosa para un pointer, aunque sea nuevo, hacerle una muestra a una calandria. Melecio hizo 11 y yo sólo 10. Claro que tiré cuatro tiros menos. De salida hice un doblete junto a una morena que me llevó a pensar que las cosas rodarían bien, pero que si quieres. De todos modos ha sido un buen día. Salir al campo a las seis de la mañana en un día de agosto no puede compararse con nada. Huelen los pinos y parece que uno estuviera estrenando el mundo. Tal cual si uno fuera Dios. La Doly se arrojó dos veces del soporte y terminamos por amarrarla. El bicho regresó reventado.

25 agosto, lunes

Vino la Modes después de comer y volvió a echar unas lágrimas. Cuando se calmó dijo que le gustaba la situación de nuestra casa. La madre se va haciendo y dice que si no fuera por la vecindad del señor Moro y los suyos aguantaría. Ha cogido la costumbre de la mujer de Ladislao y todas las mañanas un ciento de gorriones la esperan en la azotea. Alguna tarde viene la señora Rufina a hacerle la tertulia. Sacan dos sillas a la azotea y no cesan de charlar. Otros días va la madre a casa de ella para ver pasar la gente. A la Modes le dije que escribiera a Tino, que está en mejores condiciones que nosotros para ayudarla. Tino, de churrero en Madrid, y sin familia, vive como un patriarca. Las Navidades últimas le habló a la madre de sacar un chiquillo del hospicio. La Modes me dijo que escribió a Florentino pero que, como acostumbra, se había hecho el roncero. Fue entonces cuando le dije que por qué no le dejaba uno de sus chiquillos. Se puso burra y dijo que antes los despachaba a todos que darle uno a Tino. Le pregunté la razón y me dijo que no me hiciera de nuevas, que yo sé lo mismo que ella que Florentino mete en casa a mujeres de la vida.

En el café pregunté a Tochano por su excursión. Como me olía, estuvieron en lo de Muro, a las liebres. Llevaban hechas dos cuando les salió la pareja y tuvieron que tirarlas. Luego no encontraron más que una. En resumidas cuentas, perdieron el día. Le pregunté si quería venir conmigo a Herrera, a las torcaces, un día de labor. Respondió que a las torcaces no hay quien les meta mano una vez que oyen un tiro. A pesar de lo que dice, yo iré a los pinares de Herrera antes de que empiecen los exámenes. Mal ha de darse para no colgar media docena.

A última hora caí por casa de Melecio. No estaba él y pasé un rato con el Mele enseñando a la Doly a cobrar. Luego el Mele me pidió que le contase cosas de pájaros. Le conté otra vez lo del alcaraván y la lagartija.

La madre me dice que en casa del señor Moro tuvieron barullo esta tarde porque es el santo de una de las chicas.

26 agosto, martes

Me pasé el día yendo y viniendo a la tienda de don Rafael para que firme unos traslados. Es la primera vez que veo a un Secretario despachar los asuntos oficiales sin moverse de su almacén. Este don Rafael me va a hacer la tana. Ir y volver a la tienda le lleva a uno media hora larga. El señor Moro me dice que podíamos organizar el servicio por viajes, por días o por semanas; como a mí me pete. Yo prefiero por días, porque así durante las vacaciones no necesito aguardar una semana para salir al campo. Le pareció bien. El tío candongo no me habló una palabra de la conserjería. Bueno está lo bueno.

28 agosto, jueves

En la vida pasaré un trago como el de hoy. Me sorprendió la pareja en un pinar y llevaba a la espalda una liebre como un burro. Bien sabe Dios que salí a las torcaces, pero la tía se me arrancó en la linde de un majuelo, tan clara y tan pausadita, que no me pude reprimir. Le solté el izquierdo porque iba un si es no es larga y la dejé seca. El tiro le cogió la chola y sangraba a chorros. Me asusté porque la socia pesaba sus buenos tres kilos y hacía un bulto del diablo. Pensé que era mejor dejar las torcaces para otro día y volverme arreando a la bicicleta. Yo sabía que en Herrera hay cuartelillo, pero confiaba en que la pareja anduviera de servicio en la carretera. De todas formas, si no es por la mierda de la tamuja ellos ni se enteran. Pero la tamuja crujió al pisar y entonces ellos me sisearon. Me acerqué temblando como si acabara de matar a un hombre. El cabo me preguntó si no sabía que aún no es tiempo de caza y le respondí que había salido a las torcaces. Tenía las manos de sangre y no sabía dónde meterlas. «Ha tirado ahí arriba, ¿no?», preguntó el cabo. «Tiré una torcaz y se me fue de riñones. ¡Son duras las condenadas!», le dije. Yo le sonreía, pero el tío tenía cara de estreñido. Le ofrecí un cigarro, pero no tragó y dijo que no fumaba. Yo no hacía más que pensar si Aquilino tendría autoridad para sacarme del aprieto. Luego dijo el cabo que según la Ley de Caza no puede cazarse donde haya frutos pendientes. «Son negrales estos; no dan más que resina», dije. «Aunque así sea», dijo el cabo. Y luego añadió: «Saque usted...». Y yo pensé que iba a decir: «la liebre del zurrón», pero dijo: «...los papeles». Se los mostré sin abrir la mano para que no viera la sangre. «Bueno», dijo mirándoles por encima. La liebre me pesaba una tonelada y pensé que no podía darme media vuelta mientras ellos siguieran mirando. Tampoco me petaba que me hiciera más preguntas el cabo y le pregunté, para distraerle, si conocía a un brigada que se llama Aquilino. Me dijo que dónde andaba y le respondí que en la capital. «Aquilino ¿qué?», dijo él, entonces. «Pérez. Es primo de mi madre.» El cabo llamó al otro y le preguntó si conocía al brigada Aquilino Pérez. El otro encogió los hombros. Me vi mal otra vez y entonces se me ocurrió contarles lo de la mujer soldado. Le interesó el asunto al cabo y me hizo muchas preguntas. «Cumplía por un hermano», dije. «¿Y el hermano?», preguntó el cabo. «Es desertor», dije. El cabo sonrió al fin y empezó a pesarme menos la liebre en la espalda. ¡La madre que le echó! Hasta las tres no llegué a la bicicleta. La madre ya había dado recado a Melecio. Me he metido en la cama sin comer. La liebre ha pesado tres kilos menos cien gramos.

29 agosto, viernes

Desde hace cuatro días me estoy dejando bigote. Arranca un poco ralillo, pero me da cierta apariencia. No tiene razón de ser, pero sale más recio del lado izquierdo. Claro que también el brazo y el pecho izquierdo los tengo más desarrollados que los derechos. Es natural siendo zurdo, pero no parece claro que lo del bigote tenga nada que ver con esto.

Don Basilio, el director, echó esta mañana un buen rapapolvo a José el de Secretaría. Don Basilio si se atocina saca una voz chillona de pendoncete. José me dijo luego que él conoce a don Basilio y estas peteras no se las toma en cuenta.

No he visto a Melecio en todo el día. Realmente la sierra y los conejos, luego, no le dejan tiempo ni para echar un vaso.

30 agosto, sábado

La Sociedad de Cazadores era esta tarde una olla de grillos. El presidente leyó un escrito para la prensa contra los cazadores desaprensivos. El artículo estaba bien traído y viene a decir que si los cazadores no respetamos la veda acabaremos con la gallina de los huevos de oro. El domingo los civiles hicieron una redada en el rapidillo y el que más y el que menos traía las manos manchadas. Se incautaron de veinticinco escopetas y ciento veintitrés cazas. He de ver a Aquilino. Uno de estos birlochos llevaba seis pollos de perdiz del tamaño de gorriones. Como el presidente dice, esto no se explica si no es por el placer de hacer daño. Según los informes, diez de las liebres estaban preñadas y veintitrés criando. A tres crías por término medio, resulta que los daños causados por esta bazofia son, además de las treinta y tres hembras muertas, las noventa y nueve crías que no nacerán o no podrán vivir sin la teta. Me dijeron si quería firmar al pie del escrito y no me hice de rogar. Hay que terminar con esa canalla.

El Pepe dijo en el café que a ver quién es el guapo que yendo de codornices se quita la gorra ante una liebre que se le enreda en los pies. Yo me cabreé y le contesté que el que no sepa reportarse que se quede en casa. Tochano dijo que para tanto como eso es mejor que no se abra la veda mientras no se pueda tirar a todo. Yo dije: «A ver qué codornices cazas tú en octubre». Él se sulfuró y terminó diciendo que por su parte las codornices podían morirse todas.

31 agosto, domingo

Hoy hicimos veinticinco pájaros sin movernos de un garbanzal y sin perder tiro. Estuvimos en lo de Ortega, junto al Duero, en una vega muy fresca. La Doly va espabilando. Cobra cuando quiere, pero tiene la boca dura y machuca los pájaros. Hizo cuatro posturas de tente y no te menees. Melecio llevó al Mele en la barra y el chiquillo se ensució los calzones. No debimos dejarle beber de la bota.

De vuelta, me dijo la madre que han robado el pellejo de la liebre de la ventana donde lo puso a secar. No es el valor del pellejo sino la acción lo que me giba. Pensé pasar sin más a casa del señor Moro y preguntarle para qué quería en casa un pellejo más, pero lo pensé mejor y me fui donde Tochano a pedirle el Sol. El Sol tiene unos vientos muy vivos. Tochano no había regresado y le esperé cosa de media hora. Al fin llegó con dos pollos de perdiz en el morral. Me dijo que las parejas andan muy movidas este año. Encontraron dos durante el día. Luego me preguntó para qué quería el Sol y se lo dije. El animal estaba cansado, pero no bien le dieron los vientos se coló en casa del señor Moro y salió con el pellejo en la boca. La candaja de la Carmina apareció detrás con la escoba en alto. Al verme tiró la escoba y se colocó en jarras. «¿Qué?», dijo en plan chulo. «Este pellejo tiene dueño», dije tranquilamente, quitándoselo al Sol de la boca. «¿Y quién ha metido esa basura en casa, si puede saberse?», dijo ella con el mayor cinismo. «Eso me pregunto yo», dije. «Habrá sido ese cochino perro, que como vuelva a echarle el ojo le parto los hocicos de un escobazo», dijo ella. Me estaba jorobando ya la tal Carmina. Dije: «El perro lo ha sacado, no lo ha metido». «Vamos, ¿es que ahora va a resultar que me he pringado en ese pellejo apestoso?», dijo la tía a voces. Salió el señor Moro y por buenas componendas le dije que a la próxima se enteraría don Basilio. Él sonrió y dijo que si llamaba a un guardia, ¿qué? Dije un poco cortado: «No quiero líos, señor Moro; bien claro se lo dije el primer día». No tuve ganas de darme otro paseo y le eché al Sol unos mendrugos y le extendí una arpillera para que durmiera en la azotea.

1 septiembre, lunes

El 5 empiezan los exámenes. Hoy conocí al de Francés, que es un tipo así pingorotudo y muy recompuesto. Ha veraneado en San Sebastián y es catedrático de última hornada. Como el de Francés del Instituto, también hace muecas con los labios cuando habla como si estuviese dando la lección. Me gibó el pollo porque no respondió cuando le di los buenos días. Pregunté a don Basilio cuándo concluyen los pintores para que se lleven la chapeta. El de Francés hacía que leía una revista, pero me miraba de reojo. Al salir le oí cómo preguntaba a don Basilio si yo era el nuevo. El de Francés me parece de esos tipos que miran a las mujeres de arriba abajo; de esos que se paran al ver una buena mujer, no para verla mejor, sino para que ella les vea a ellos.

Por la tarde he ido dos veces a la tienda de don Rafael a recoger unas firmas. Hoy volvió Zacarías por el café. Después de la enfermedad le ha quedado triste el ojo de la nube.

3 septiembre, miércoles

El Pepe ha andado toda la tarde de cachondeo a vueltas con mi bigote. Dijo que parecía tuerto del lado izquierdo y todos se rieron las muelas. No estaba Tochano y nos jugamos los cafés al parchís. Le tocó pagar al Pepe, pero dijo que se lo apuntaran. Como quien no quiere la cosa, don David se llegó a él y le dijo que para dar crédito ya estaban los Bancos. El Pepe puso unos ojos como cortantes: «¿Desconfía?», dijo sin casi mover los labios. Don David tiene cara de mandria, pero cuando se atufa enseña los dientes como un caimán. Le dijo: «No fío ni a mi padre que esté en Gloria más de dos meses». El Pepe hizo que se buscaba algo que no encontraba en el bolsillo del pantalón. «No tengo ahora», dijo. Veía mal la cosa y tiré de cartera y le dije al Pepe: «Me lo debes a mí». Cuando se largó don David, nos contó el Pepe que la víspera había dado en el cine cinco rubias de propina pensando que eran perras chicas. ¡Si no le conociera! Luego me dijo que quería salir un día conmigo a las codornices. Quedamos para mañana porque el 5 estoy de exámenes. El Pepe dijo que recogería al Sol en casa de Tochano. He estado recargando hasta las tres. Cuando me metía en la cama sentí silbar al exprés de Galicia.

4 septiembre, jueves

Estuve con el Pepe en lo de Aniago. Es un mar de surcos y duelen los ojos de la perspectiva. Hay unos linderos muy majos que tienen bastante codorniz. Lo malo fue el viento. Si la codorniz coge el viento, navega a vela. El Pepe es incansable. Tiró a troche y moche durante dos horas. Apenas había disparado yo cinco tiros y ya llevaba él diecisiete. En un alto que hicimos a dar un tiento a la bota me pidió cartuchos. Le advertí que eran del 16, pero él lo resolvió quitando el culatín a los del 12 y metiendo los míos por el canuto. Me gibó que tirase por puro placer a una picaza, que para tanto como eso no le dejé yo la munición. A poco de comer me llamó a voces. Me acerqué de mal café porque creí que iba a pedirme más cartuchos, pero no era para eso sino para enseñarme el nido de una liebre. No lo había visto nunca. Es un socavón en el surco hecho con mucho arte y forrado de pajitas y pelusas. Tenía tres crías recién paridas que parecían ratones a medio pelo. El Pepe me propuso manear los chaparros, puesto que la madre no andaría lejos. «¿Y las crías?», le pregunté. «Tampoco estarán malas en el cocido», respondió el Pepe. «Me sabe mal, la verdad», le dije. «Si no lo hacemos nosotros, otros lo harán», dijo él. En el fondo me petaba el plan y al Pepe le sobraba razón. Acepté a condición de dar una pasada sólo. El Pepe me pidió dos cartuchos de perdigón gordo y me dijo que si no levantábamos la liebre me los devolvería. El Pepe caza haciendo un ruido con los labios como si tirara besos. No dimos con el bicho y ya nos volvíamos y el Pepe había abierto la escopeta cuando la tía se le arrancó de junto a un enebro, surco arriba, con las orejas gachas y corriendo a ciento por hora. Cuando el Pepe cerró la escopeta y se la quiso echar a la cara, la muy zorra estaba en París. Pero eso no es ley para el Pepe. Soltó los dos tiros con toda tranquilidad, como si los cartuchos fuesen suyos. «¡Me cago en tu padre, tía puta!», voceó. Ya le dije que no tirase a la desesperada, pero él protestó y dijo que a una liebre hay que tirarle aunque sólo asome las orejas, porque nadie sabe lo que puede ocurrir. Se puso de mal café y cien metros más arriba marró dos codornices que le volaron de la gorra. Entonces la tomó con el Sol. Empezó a darle cantazos porque decía que se alargaba y el animal se amorrongó, se puso tras mío y ya no hubo manera de hacerle trabajar. En total hicimos treinta y tres. Yo dieciocho y tiré quince cartuchos menos que el Pepe.

La madre me ha dicho al llegar a casa que

anda alcanzada. Si no se resuelve pronto lo de la conserjería tendré que agenciarme un complemento. Prefiero no pensar en eso ahora.

5 septiembre, viernes

Entré en el estanco esta mañana por unas pólizas y me encontré a Aquilino. Iba tan majetón como siempre, con el correaje y el tricornio relucientes y la guerrera bien estirada. Me preguntó qué había de la Jabalí, y le dije que aguardase a Navidad porque ahora no tengo disponibles. «Los tubos están criando moho», me dijo él con guasa. Yo me eché a reír: «Como dejes que eso ocurra hemos terminado», dije. Él entonces se puso serio y me preguntó qué me parecía lo del rapidillo del día 24. Le dije si había algo que mereciera la pena y respondió que sí, pero que sólo en 12 y 20. En ese caso no interesa.

El día, con los exámenes, ha sido de aúpa. El señor Moro me había dicho que eso de las propinas se acabó con la guerra, pero cuando vi su interés por repartir las papeletas le paré los pies. Me preguntó si es que para mí la antigüedad no contaba, pero le dije lealmente que también los jóvenes tenemos estómago. El tío marrajo aún se resistía y sólo cuando le propuse consultarlo con don Basilio se avino a hacer partes. Él ya sabe por dónde se anda. Con unas cosas y otras he sacado 20,35 líquidas, que no está mal.

Melecio estuvo un rato en casa. Me dijo que

la Amparo rellenó de virutas la piel de la liebre y el Mele se pasa el día tirándosela a la Doly amarrada de un cordel. Le pregunté que qué tal y Melecio arrugó el morro. Me da mala espina. Es difícil quitarle el vicio a un perro con la boca dura. Y el caso es que la maldita, cuando le da la gana, sabe hacerlo. Por otra parte, tampoco es buena enseñanza que esté todo el día de Dios viendo correr los conejos por el corral. Ya me gustaría cruzarla con el Sol, por más que Melecio diga que el Sol es un perro resabiado.

6 septiembre, sábado

No me he sentado en todo el día. A la noche la madre me preparó un baño de pies porque no podía parar. Empezaron los exámenes de primero. El de Francés se cargó dieciocho de veintidós. ¡Buen guaje! Saqué 19,20 líquidas.

8 septiembre, lunes

Don Basilio me dijo esta mañana que me quitara el blusón y me pusiera la gorra del uniforme. Me lo estaba oliendo. Fui sincero con él y le expliqué que la gorra no me va a la cara. Él me salió con que el uniforme es la manifestación de la disciplina en el Centro. Le dije que era una gorra muy llamativa y entonces se le puso el habla de pendoncete y me dijo que él no la había inventado, sino que era la reglamentaria. Aún intenté convencerle de que quitándome el blusón y con los botones dorados sería suficiente para darme a respetar y él me respondió que yo no estaba allí para meter miedo a nadie sino para mantener el orden y la disciplina. Dijo, después, algo así como que él en su despacho era el Ministro de Educación y yo en los pasillos era también como el Ministro de Educación. ¡Mucho cuento! Al cabo se quedó mirándome la nariz y creí que iba a decirme algo del bigote. Así es que di media vuelta, y he andado todo el día huido y como acobardado.

El de Francés se cargó hoy diecinueve de veintiuno. Saqué 21,70 líquidas. He borrado un letrerito en el váter que decía: «Pérez, cornudo». Pérez es el de Francés. Por la noche, me ha dicho Melecio que si tengo plomo sabe de uno que hace perdigón.

10 septiembre, miércoles

Esto de los exámenes es una lavativa. Hay mucha matrícula y van al paso. Esta mañana empezó la de Alemán y los claustros se quedaron vacíos porque es una hembra que marea. Dicen que por una grieta del pupitre se le ven las rodillas cuando se enoja. No sé, no sé. Lo cierto es que hoy en los pasillos no había una rata. Cuando tocó el timbre para entregarme las papeletas me dio un vahído. Realmente está que lo tira. Y el tono ronco de la voz le da aún más aliciente. Por lo visto era de Hitler, y desde que Hitler perdió la guerra anda como cabreada. Ella piensa que está vivo, escondido en alguna parte. El señor Moro, cuando le pregunté, me dijo furioso: «¡Como no lo tenga en su alcoba!». El señor Moro anda quemado desde lo del otro día. ¡Anda y que le zurzan! ¡Lo que es, si para que él desarrugue el morro he de dejarme pisar la barriga, está listo! Al entrar por las papeletas, el de Francés y ella hablaban en alemán. Él chapurreaba y ella se divertía corrigiéndole. Una de las veces le agarró de los labios con las puntitas de los dedos y le dijo: «Como la "u" castellana». Él me vio de pronto y se puso a vocear. «¿No han llamado?», dije. Ella me alargó entonces las papeletas sin decir palabra.

15 septiembre, lunes

No veo el momento de que esto termine para dar gusto al dedo. Fuera de ayer, que subí con Melecio a lo de Aniago, no salgo desde el día 4. Yo le tenía mucho hablado a Melecio de lo de Aniago y le conté lo del nido de la liebre. Pero lo que son las cosas, el domingo no vimos nada. Se conoce que lo habían pateado otros. Esto de la caza es como el huevo de Juanelo. Después de mucho mover las tabas hicimos once pájaros. Nueve yo y dos Melecio. El cielo se cargó por la tarde y se puso de nublado. No nos dio tiempo ni de llegar a las bicicletas. Nos metimos en el chozo de ramera de un melonar y allí aguantamos. Melecio se santiguaba a cada descarga y yo le pregunté si tenía rilis. «Lo que tengo son dos chavales», dijo él. Le vi tan blanco que no quise cachondearme. Ciertamente daba rilis aquel cielo negro y el brillo de los relámpagos y el ruido de los truenos. Le dije para calmarle que los rayos iban a los pinares, pero él no estaba por la labor. «No sería el primero que aplasta un chozo», me contestó. Con el tacón pateaba a la Doly. Le pregunté si le molestaba la perra, pero a él le atocinó la pregunta y dijo de mala gana que la piel de los animales atrae los rayos. Luego se pasó el nublado y empezaron a cantar los sapos. Estaba oscureciendo y olía bien el campo. En la bicicleta, Melecio no hacía más que rajar. Parecía como si quisiera que me olvidara de que le había visto pasar rilis. A mí me gibaba su runrún porque me gusta escuchar el ruido de las llantas sobre la carretera mojada. A última hora acordamos ir el domingo 28, que se levanta la general, a lo de Illera.

19 septiembre, viernes

Esta mañana me dijo José, el de Secretaría, que ayer estuvieron hablando don Basilio y don Rafael durante una hora sobre la conserjería. Parece que no hay acuerdo. Por lo visto el vaina de don Rafael me pone la proa. José me suplicó que no haga uso de esta información.

La Modes pasó por casa esta tarde. Como de costumbre, anduvo un rato moquiteando. Me temí que fuese por lo de siempre, pero tampoco me chocó cuando dijo que esperaba otro chaval.

La Modes ha tenido cuatro en cuatro años. La madre dijo: «¡Alabado sea el Señor! ¿Cuándo piensa sentar la cabeza Serafín?». «Él dice que es lo único que nos queda a los pobres, madre», respondió la Modes. Mi hermana se calmó en seguida y se puso a hablar de los puntos y de los subsidios. Serafín está bien colocado y tiene un buen jornal, pero mi hermana es desordenada. Vino con los dos críos mayores, que andaban por la azotea, y, de pronto, los sentí llorar. La Modes saltó como un buscapié. Cuando salí tras ella ya estaba enzarzada con la Carmina, insultándose a voces. Por lo visto, los chicos se habían puesto a trastear con una camisa del señor Moro. Quise hacer ver a la Carmina que los chicos son chicos, pero ella contestó a grito pelado que la que no sepa atenderles que se los guarde. La Modes la llamó entonces tía marrana y la madre le echó en cara a la Carmina lo del tendedero y lo del pellejo de la liebre. Entonces dijo la Carmina que es muy bonito eso de echar golfos al mundo y que deberían colgar a las sinvergüenzas que dejan sus hijos en el arroyo. Cuando se largó la Modes, le dije a la madre que no quiero más cuestiones con el señor Moro y los suyos. No son trigo limpio.

No he visto a Melecio en todo el día.

24 septiembre, miércoles

Hoy concluyeron los exámenes. Dentro de ocho días empezaremos el curso. El tiempo ha oscurecido y asoma la otoñada. La azotea se ha puesto gris. Por la tarde hice balance: 380 pelas con 65 céntimos me dejaron los exámenes. Está visto que esto del dinero es cuestión de ordeñar a lo que salte.

Pensaba ir a ver a Aquilino, cuando la madre me recordó que le debo a Asterio el último traje; el de las listas. ¡Tengo la cabeza a caldo! Asterio es considerado y nunca pasa factura. Le di a cuenta las 300 y todavía me dijo que no corrían prisa. Añadió, por guasa, que ya había pensado en denunciarme. Asterio, como de costumbre, estaba con dos amigos escuchando mambos en la gramola. De vuelta, me compré un extractor de los de tenaza. El otro no me va.

En el café, me dijo el saleri de Tochano que se vendrán con nosotros a lo de Illera. Le pregunté que quiénes y me dijo que Zacarías, el Pepe y él. Total, cinco. ¡Buena mano!

26 septiembre, viernes

¡La madre se los pisa, vamos! Hoy abrió al cobrador de la luz sin acordarse de quitar la horquilla. Por lo visto le dio un repaso regular. Se enteraron las de enfrente y para qué te voy a contar. La Carmina la llamó tramposa y beata de las de aquí te aguardo. La madre no sabía cómo decírmelo. Me he echado a la calle y he andado toda la tarde como un zarandillo. Melecio me habló de su primo Esteban y fuimos juntos a su casa. Esteban dijo que todo dependía de que el cobrador hubiera o no dado parte. Luego me preguntó si era Sisinio quien tiene esa vereda. Le dije que no lo sabía y él dijo que si era así, un muchacho más bien flaco, con cara de estreñido. Le dije que sí y nos fuimos los tres a casa del tal Sisinio. Sisinio estaba fuera y le aguardamos en el bar de la esquina. Me recomían los nervios porque si don Basilio se lo cata no creo que la cosa me haga mucho favor. Le quise explicar a Esteban el asunto de la horquilla y me dijo que conocía todas esas triquiñuelas y aún podía enseñarme otras. El tal Esteban no hacía el favor de grado y me pareció que si daba este paso era en atención a su primo. Melecio es un individuo que se hace querer. Fuimos otra vez donde Sisinio y al verle le reconocí y le dije a Esteban que sí era el de mi vereda. Esteban, echándolo a barato, le preguntó si había encontrado una horquilla en la cobranza de la mañana. Dijo Sisinio que una horquilla y un imán. Esteban entonces le sacó de la habitación y les oímos cuchichear un rato en la cocina. Nos dejaron solos a Melecio y a mí con el padre de Sisinio, que se bañaba los pies en un balde. Cuando regresaron Sisinio y Esteban, Esteban dijo que todo estaba listo. Al despedirnos, me advirtió que anduviera con ojo porque todas esas gaitas están muy castigadas.

Melecio y yo hemos estado en casa recargando hasta las diez. A la madre le dije que en lo sucesivo retire la horquilla hasta para abrir al basurero. Hemos quedado con los de Tochano a las siete frente a la botica de Creus.

28 septiembre, domingo

Fuimos en tren hasta lo de Illera. Es un cazadero hermoso con una ladera muy áspera, llena de jaras y tomillos, y un chaparral arriba, en el páramo. El río corre por bajo y espejea con el sol. Lo de Illera, a las doce del día, es un bonito espectáculo. Cogimos la ladera de izquierda a derecha, porque si no la perdiz escapa al otro lado del río. Venteaba recio y las tías salían largas. Zacarías dijo que había que subirlas al monte si queríamos que aguantasen. La Doly empezó trabajando bien y a la mano, pero luego se cansó. El Pepe tiró a una liebre en París. A pesar del viento hacía calor y me quedé en camisa. Como no hacíamos nada, Tochano dijo que lo que procedía era dar unos ganchitos, primero en la ladera y luego arriba, en los chaparros. Organizamos la cosa de forma que ojeasen dos y tres se quedaran de puesto, alternando. En los tres primeros ojeos bajamos cinco y en el cuarto yo me quedé de puesto en la esquina, junto al río. No me prueba el ojeo porque soy nervioso y no sé decidir, hasta que ha pasado el momento, si es mejor tirar de pico o de rabo. Acababa de bajar una perdiz cuando sentí ruido entre los mimbrerales de la ribera y me puse al quite. De repente apareció el zorro como a unos treinta pies y pensé que era el perro de un pastor. Él se volvió de lado y entonces le vi la cola: «Me cago en su padre», me dije y me cubrí bien con los enebros. El indino estaba quedo, con unos ojos muy despiertos, escuchando las voces de Zacarías y el Pepe que traían la mano. Dudé si cambiar el cartucho porque tenía séptima, pero me dije que en la operación iba a armar ruido y le iba a espantar. Luego, cuando me eché la escopeta y le apunté a la paletilla a ciencia y paciencia, me oía el corazón con tanta claridad como cuando de chavea me ponía don Florián, el cura, el reloj en la oreja para que cantara los segundos. Iba a apretar el gatillo cuando el tío marrajo se arrancó. Entraba gazapeando, el hijoputa. Entonces me dio la duda de si tirarle de morros o sacudirle de culo. Aún me dio tiempo de pensar que si le tiraba de culo podría machucarle el rabo y, sin vacilar más, disparé. Dio un brinco como un títere, el condenado, pero siguió corriendo y creí que se me iba. Entonces tiré el segundo y le quedé. Empecé a vocear y Tochano acudió el primero. «¡Mira!», le dije. «¡Coño, el zorro!», dijo él. Y fue a echarle mano, pero el maldito se revolvió y le mordió el brazo. Tochano se puso a patearle. «Deja —dije—, vas a escoñarle la piel.» Allí mismo comimos y Zacarías contó que en Extremadura hizo una vez una carambola de zorros y que eran mayores que éste. Melecio le dijo que no era posible matar dos zorros de un tiro, y Zacarías, que no se calla ni por cuanto hay, explicó que uno mordía el rabo del otro porque el de atrás era ciego y el de delante hacía de lazarillo. ¡No te giba! Parpadeaba el cachondo de él como cada vez que suelta una trola. Al concluir de comer, Tochano tenía la muñeca como una morcilla. «Ya estará rabioso el hijoputa», dijo. El

Pepe no hacía más que darle a la bota. Al levantarnos dijo que le debíamos los billetes. Yo le dije que él me debía a mí los cafés del otro día. Se cabreó y me salió con que si me había dejado de pagar alguna vez. Le abonamos los billetes y él me dijo que mañana me abonaría los cafés y en paz. No me atreví a recordarle lo de los cartuchos de Aniago.

Por la tarde hicimos dos perdices y una liebre. La liebre la agarró la Doly en la cama. Con paciencia, la Doly puede ser más perro que la Ina. Le sobra instinto; sólo le falta afinarse. Cuando tomamos el tren de vuelta, Tochano tenía el brazo como un neumático y le dolía el hombro. El revisor estuvo curioseando el zorro por arriba y por abajo como si le fuera a cobrar billete. Luego dijo que valía la piel. En la estación hicimos partes y el Pepe dijo que el que llevara el zorro no llevaba cazas. El Pepe sabía que yo quería llevarme el zorro. Pregunté que qué clase de reparto era ése, pero terció Tochano y dijo que liquidásemos pronto porque tenía calentura. No quise hacer una escena por Tochano, pero es fijo que no vuelvo a salir al campo con el Pepe. Es un granuja. Melecio me cedió una perdiz de las suyas. Mañana iré a que me curtan la piel del zorro.

29 septiembre, lunes

Dice el curtidor que la piel de los zorros vale los meses que traen «R». Yo le dije que septiembre traía «R» y él dijo que sí, pero me hizo ver que septiembre es el primer mes que trae «R» después de cuatro que no la traen y que por lo tanto era muda nueva y no se hacía responsable. Quedamos en que le pagaría seis duros por el servicio.

Por la tarde estuve donde Tochano. La hinchazón le llega a los ojos y tiene muchos dolores y calentura. La Paula, la mujer, anda más nerviosa que una lombriz. Él la sacude, pero a ella no parece importarle. Un día le pregunté a Tochano por qué no se casaba con la chica, pero él me respondió de malos modos que pusiera mi casa en orden y no metiera el cuezo en la de los demás. Le pregunté si había avisado al médico y me contestó que le estaban poniendo penicilina. Dice la Paula que el médico dijo que la cosa no le gusta y que había meneado la cabeza como con preocupación. También gibaría que Tochano la diñase por una pamplina así.

1 octubre, miércoles

Hoy cobré 615 líquidas. También cobraron los obvencionales, pero a mí no me corresponden porque soy nuevo. Dice José que, como mínimo, entre los repartos de octubre, febrero y mayo hemos de hacer las dos mil pelas. Si no, nos completan hasta esa cifra por Navidad. Le pregunté si en ese suplemento va incluida la extra, y dijo que son cosas aparte. El señor Moro ha hecho estos días varias matrículas de los de fuera y supongo que le rentarán lo suyo. Comprendo que lo haga él porque a mí aún no me conocen y Ladislao se largó. Al curso que viene veré de explotar este momio.

Llamé al bar de Polo a preguntar por Tochano y la Paula me dijo que tiene menos calentura, pero la hinchazón no baja.

El tiempo se ha metido en agua. Ha estado jarreando todo el día. Las tardes así me gusta encerrarme en casa y oír el chapoteo del agua en el tejado. Me gusta también escuchar los silbidos de los trenes cuando entran y salen de la estación. Pasé la tarde entretenido en limpiar la escopeta y después sumé las piezas de la temporada de codorniz. Total, bien poca cosa: 1 liebre, 53 codornices, 4 torcaces y 2 tórtolas. Es la peor temporada en los últimos seis años. En el cuarenta y dos hice 5 codornices menos. Fue el verano que anduve con las fiebres.

3 octubre, viernes

Sigue cayendo agua. Apertura de curso. A primera hora fui de uniforme a la Universidad a llevar las togas y los birretes. A don Basilio le cae bien el traje académico. El de Francés, en cambio, parece un espantapájaros. El acto resultó un buen tomate. Habló un catedrático de Medicina sobre tumores cerebrales. Cosme me dijo que a ver cuándo me voy con ellos. Ya le dije yo que por mi parte haré todos los posibles para no pasar a la Universidad. El vaina me preguntó que por qué y le contesté lealmente que hay demasiados actos, demasiadas conferencias y demasiadas historias. ¡Si aquello no es vivir! Al salir la procesión, dijo Emilio que ninguno iba como los del Insti. Me hizo gracia el disparate y le dije que se fijara en mi director. Preguntó quién era mi director y se lo dije. ¡Si parece que ha nacido con la toga puesta! Cosme metió el cuezo y dijo que no entraba ni salía en si le caía bien o mal la toga a don Basilio, pero que los catedráticos de Universidad tienen un qué que no tienen los de otros Centros. La procesión duró sus buenos tres cuartos de hora, y cuando regresé a casa con las togas y los birretes, la madre andaba alarmada pensando en si me habría ocurrido algo.

No fui por el café. La madre me avisó para que me asomase a ver pasar el Talgo. Para la madre es un espectáculo de todos los días. Todos los días dice entre dientes: «¡Qué hermoso es!». A las siete vino Melecio y estuvimos recargando. Trajo más pistones de la cárcel. Nos los dan casi regajados y queman mejor la pólvora que los de fábrica. Melecio traía también una lata de pólvora P. B. S. Me dijo luego que, a mediodía, pasó por casa de Tochano y que la hinchazón había cedido. Después Melecio quedó como achucharrado y apenas hablaba. Casi a la hora de marchar me preguntó si me conformaría yo con otros treinta. Le dije que de cuál y respondió que de años. «¡Hombre! —dije—. Eso, Dios dirá.» Él dijo que los firmaba. «¿Es que te sientes mal? —le dije intranquilo—. ¿Por qué piensas hoy esas cosas?» «El otoño me abolla», agregó. Le pregunté si estaban malos los críos, pero él insistió que era el otoño. Cuando se iba me confesó que había regañado con el jefe. Este Melecio tiene un temperamento del diablo. A ratos pienso si no estará un poco chalado.

6 octubre, lunes

Hay más de doscientos chaveas de matrícula y algunos tan chicos que aún se mean en la cama. La gorra es un cachondeo. Uno se me cuadró esta mañana y me dijo: «A sus órdenes, mi teniente». Luego he oído a varios llamarme Teniente. Me quedaré con Teniente para toda la vida, digo yo.

Al señor Moro le dicen la Gallina y al de Francés, José Bonaparte. Es ley de vida. Después de todo también don Basilio es el Coronel. Tenía miedo de que me faltara la voz al llamar a clase o al dar la hora, pero todo rodó bien. El de Francés me ha dicho que le dé la hora a las menos diez; la de Alemán a las menos cinco; don Basilio a las menos siete y don Rafael a las menos cuarto. Así da gusto.

Después de comer, aunque la tarde estaba anubarrada, me cogí la burra y la escopeta y me llegué a Buitrejo. Los majuelos están aún sin vendimiar y viene una cosecha bien rala. A poco de llegar al pinar, descargó una nube y aguanté bajo un pino. Cuando escampaba, sentí cantar las perdices a mi vera. Hacía un ventarrón del demonio y me llegué a la linde del pinar cubriéndome con los pimpollos. Allí hay un claro de escobillas y jaras. El viento casi me tumbaba, pero aguardé con paciencia tras el pimpollo, pues la perdiz cantaba allí mismo. Cuando la vi apeonar, a tiro, estuve por sacudirla, pero aguardé por el placer de observarla. El sol rompió una nube y el campo se llenó de colores. De la parte de la derecha llegaron otras dos perdices cantando confiadamente. Luego se me ocultaron tras una avena y dejaron de cantar. Esperé un rato y salí a por ellas. Las suponía encamadas y llevaba a punto la escopeta. El bando de lo menos veinte se me levantó de los pies. Iban apiñadas y yo tiré al bulto y descolgué tres. No me atreví a tirar el segundo por miedo a perder las tres primeras y luego, en la bicicleta, me pesó.

En el café, el Pepe se cachondeó cuando se lo dije y me salió con la bobada de que también él, de chico, mató un oso de una pedrada en la ingle. Terció Zacarías y dijo que él cayó una vez dos perdices disparando cuando se cruzaban, pero no sabía de nadie que bajara tres de un tiro. Me cabreé y le dije si es que mi palabra no contaba. Los mandrias se echaron a reír. Juan, que retiraba los servicios, dijo: «El cazador no puede engañar a los de su oficio». Y me guiñó un ojo. Me levanté y me vine para casa sin jugar la partida. El que quiera divertirse que se compre un mono.

10 octubre, viernes

Vino Melecio después de comer. Traía en la mano un recorte de *El Diario Vasco* y me lo enseñó. Decía: «Proeza de un joven cazador. El joven de la localidad, Vicente Ansoátegui, tuvo la fortuna de matar ayer una hermosa liebre en este término municipal. Dicha proeza la realizó sin ayuda de perro». Dijo Melecio: «¿Qué te parece?». «Bueno —dije—. Yo no lo entiendo.» Luego me dijo Melecio que le acompañara al café, que íbamos a reírnos un rato. Respondí que ni hablar y me pidió que le explicara. Yo le conté lo de las tres perdices. Me preguntó si es que pensaba guardársela y le dije que no era eso, sino que no me petaba. Salí con él, pero en la esquina nos separamos y yo me fui donde el curtidor. La piel queda bien, aunque un poco tiesa. Le largué al tío los seis duros y él me dijo entonces que eran siete. Le dije que habíamos quedado en seis y seis le daba. El marrajo salió con que el bicho estaba machucado más de la cuenta y que si no quería la piel la dejase. Anduvimos un rato de picadillo. El tío estaba sentado en un taburete, enfrascado en la tarea sin mirarme. De repente levantó los ojos y dijo: «Vengan los seis. Con un duro me limpio yo el ojete». Le dije que no se trataba de eso y que si él creía que su trabajo lo valía le daba los siete duros y santas pascuas. Él saltó con que le diera lo que quisiera. Le dejé los siete pavos sobre el banco y llevé la piel a casa de Melecio para que la Amparo me la guarde hasta Navidad. A los tipos así hay que recortarles las alas.

12 octubre, domingo. El Pilar

Esta mañana bajé por unos churros para celebrar la fiesta. Hay una buñolería en la esquina, pero hasta hoy no había entrado en ella. Ya iban a cerrar aunque sólo eran las nueve y media. Había un montón de churros sobre el zinc y pregunté si estaban calientes. El tipo gruñó y preguntó cuántos quería. Yo los toqué por encima con cuidado para ver si estaban calientes. El hombre se subió a la parra y voceó que los sobase bien y luego dijera que estaban fríos. Yo le dije que no se trataba de eso. Había una chavala fregando la churrera a mano izquierda, bajo un grifo, y volvió la cara al oírnos. Tenía los ojos grandes y asustados. Le dije al tipo aquel que me diera dos pesetas. El hombrón, mientras me despachaba, dijo a la chica: «Lava bien la estrella, que luego pasa lo que pasa». La chavala tenía las manos torpes y daba lástima. Yo no podía apartar los ojos de ella, y cuando comía los churros mano a mano con la madre, veía sus ojos asustados en el tazón de café con leche. Luego, cuando llevaba la caja con los birretes y las togas, junto a la estatua de Colón, donde había un acto de Hispanidad, me quedé mirando como alelado la puerta gris de la buñolería. Durante la Misa de Campaña y los discursos, seguía pensando en los ojos asustados de la chavala de la buñolería. Después de comer, me tumbé en la cama tripa arriba y en el techo continuaba viendo los ojos asustados de la chavala de la buñolería. No salí en toda la tarde. Por la noche me asomé a la azotea y se oía de lejos el concierto de la Banda Municipal en el quiosco del parque. Pensé que quería que tocasen *La Bejarana* y fue como un milagro, porque a la pieza siguiente la tocaban y hasta que la oí no me di cuenta de que si yo quería que tocasen *La Bejarana* era para poder recordar más de cerca los ojos asustados de la chavalilla de la buñolería. He estado un rato como una bambarria mirando las luces de la ciudad. Nunca he sentido una cosa así. También gibaría que la chavea esa me hiciera perder la cabeza.

15 octubre, miércoles

Hoy se presentó Serafín con un chirlo en la cabeza. Olía que apestaba a vino. La madre se asustó y le preguntó qué le ocurría. Él respondió que la Modes le había sacudido con el hierro de la cocina. Explicó que los embarazos irritan a mi hermana y que en la fábrica le habían dicho que diese parte, pero que él no va a dar parte porque quiere a la Modes, y eso era una vergüenza, y por los chicos. Le acompañé a la Casa de Socorro y le pusieron dos grapas. El menguado chillaba como una mujer cuando le cosieron. Al concluir le llevé a casa y la Modes se colgó de él como si hiciera un año que no le veía. «Eso es por lo que te quiero, gandul, ¿me oyes? Nada más que por lo que te quiero», decía a voces. Los dos lloraban y los chiquillos andaban por allí a la greña y yo, no sé por qué, me acordé de la chavala de la buñolería. Al regresar a casa, entré y pedí una pela de churros. El hombrón tenía una rueda en la sartén y la chavala atendía al mostrador. Me preguntó que si una peseta y yo dije que sí con la cabeza. Sirvió antes a dos vejetes y me di cuenta que en mis churros ponía más azúcar que en los de ellos. Le pregunté a qué hora cerraban y ella me dijo que a las ocho. Entonces le dije que si tenía algo que hacer a esa hora. Ella se achucharró y me hizo señas de que callara la boca porque el hombrón podía oírnos. A las ocho estaba como un clavo a la puerta de la buñolería y vi salir a la chica con el hombrón. Llevaba un abrigo muy corto y gastado y enseñaba unas pantorrillas demasiado flacas. A pesar de todo, tiene tilín. La seguí de lejos y por la noche, desde la azotea, me emperré en distinguir la casa donde ella vive.

17 octubre, viernes

Con estos fríos mi bigote anda flojo. Del lado izquierdo, todavía; pero del derecho... El Pepe dice que es un quiero y no puedo. A la madre le gusta y cuando me mira dice que hace nada era aún un mocoso. Si pasados unos días no da más, me lo corto y para la primavera volveré a ensayar. Yo quisiera saber qué piensa la chica de la buñolería de los hombres con bigote.

A Melecio le confesé este mediodía que hay una chavea que me tiene gilí. Melecio se interesó y aunque yo le dije que, aparte de que la chica me puso a mí más azúcar que a los vejetes, no había nada, me hizo contarle todo con pelos y señales.

Por la tarde volví junto a la buñolería. La chavala salió con el hombrón, pero se separaron en la esquina. Yo me acerqué y le dije que si no le importaba le acompañaría y ella dijo que no le importaba, y fui yo entonces y la acompañé. Ella me contó que la buñolería es de su padre, y que acababa de tener un hermanito y por eso venía ella a ayudar a su padre en lugar de su madre. Le dije yo que era una cosa rara que siendo su padre tan fuerte fuese ella tan flaca, y ella se echó a reír y me dijo que su padre era hombre y ella mujer, y que su hermanito recién nacido era en proporción tan fuerte como su padre, porque era hombre también. Luego me dijo que se llamaba Anita y que sus amigas dicen que se parece a la Pier Angeli. Le pregunté quién era ésa y ella me dijo que no bromeara. Le dije lealmente que no bromeaba y ella me dijo entonces que era una artista de cine y que ya me mostraría fotografías. Le pregunté a intención que cuándo y me dijo que el domingo. Yo le dije que era cazador y que los domingos salgo al campo y a ella esto la gibó y dijo que si no tenía tiempo, nada. Le dije que cualquier otro día, pero ella dijo que no salía más que los domingos, y que si su padre la ve corriendo por las calles entre semana la dobla por la mitad. También la chavala es de su pueblo.

Pasé por casa de Melecio, y el Mele me dijo que la perra estaba coja. La anduve mirando y tenía una garrapata entre los dedos inflada como un globo. Se la quité y le di un poco de alcohol. El animal aullaba y el Mele le acariciaba las orejas. Luego me pidió el chiquillo que le contara historias de animales. Le conté la del hurón que encontró dentro de la boca un turón y tuvo que salir de naja. El Mele se reía las muelas. Cuando llegó Melecio estuvimos un rato recargando.

A la chavala esa voy a darle otra oportunidad. Si quiere, bien; si no, ¡que tire por donde le dé la gana!

19 octubre, domingo

Estuvimos en lo de Quintanilla. Es un cazadero áspero, pero tiene perdiz. Por la mañana nos salió el guarda cuando acababa de coger un racimo de un bacillar. Lo arreglamos con dos barbos. Yo estuve hecho un panoli. Marré dos perdices que me salieron a huevo. Sobre la una, cuando llevábamos delante más de un ciento de ellas, apareció un jurado y nos dijo que aquello era vedado. Le pregunté por los postes y él dijo que arriba estaban. Le dije lealmente que arriba no había postes y él contestó que no tenía la culpa si los arrancan los del pueblo, pero que allí tenían que estar. Melecio me hizo señas de que callara la boca y tiramos para arriba. Buscamos la abrigada para comer y entonces le conté a Melecio que estuve con la chica de la buñolería la otra noche. Le dije también que me había citado para esta tarde y que se mosqueó cuando le dije que salía al campo. Dice Melecio que a las mujeres las cabrea la escopeta. Le pregunté la razón y él dijo que les estropea el domingo, y que recordase que la Amparo, mientras no tuvo el primer chico, siempre le ponía jeta.

Al volver para tomar el tren, me preguntó Melecio si conocía a uno que le dicen Pavo, que estudia donde yo estoy. Le dije que sí y que es el que organiza todas las jaranas. Melecio abrió el ojo y dijo que a ver si me hago con él, porque tiene un monte de la parte de La Pedraja, donde por lo visto no se da abasto para cargar la escopeta. Mañana haré por verle.

Hemos hecho cinco perdices y una media liebre. Yo hice dos perdices y el resto Melecio. En casa me mudé de ropa y me bañé los pies, y me fui a la calle a dar un clareo. No he visto a Anita viva ni muerta.

20 octubre, lunes

El Pavo es mal estudiante, pero lleva dentro una alegría que para qué. Hoy, a cada vuelta que daba al corredor, yo le decía: «Pavo, majo». Él miraba y me hacía una seña con la mano. A la cuarta vez yo le dije también «Pavo, majo», pero él no me hizo la seña. A la quinta vuelta se separó del grupo y vino a mí y me saltó con que qué coño pasaba ya con tanto Pavo. Me dejó parado, la verdad, y le dije que yo no había querido molestarle. Dijo él: «Joroba ya eso de Pavo, Pavo, a lo bobo, ¿no comprendes?». Yo intenté ganarle por la mano y le dije que no lo tomara por ahí, que si quería un pito. «Acabo de tirarlo. No lo tomes a desaire», dijo él. Luego el cipote volvió con su cuadrilla. No me pareció pedirle el permiso. Otra vez será.

Tochano fue hoy por el café. Aún se le notan los colmillos del zorro en la muñeca. Nos jugamos el café a la garrafiña y le tocó palmar. Dijo, por guasa, que le salía más barata la penicilina.

Luego cogió la perra con que si en vez del tres-pito mete el cinco-pito no le ahorca Zacarías el seis-doble y nos dio la tarde. El Pepe todavía no se ha explicado.

En casa, la madre me contó otra vez lo del Gobernador, cuando invitó al padre a cazar y le dijo que era la primera escopeta del país. Siempre que se acercan las Ánimas hablamos del padre. Cuando me acosté, el viento sacudía la persiana contra los cristales y no me pude dormir hasta las tantas. Sentí el exprés de Galicia.

2 noviembre, domingo. Las Ánimas

Por la mañana fui al camposanto a llevar al padre unas flores. He oído que en el cementerio hay una plaga de conejos. Me alegra por el padre. Así podrá entretenerse viéndoles corretear por entre las tumbas las noches de luna. Digo yo que así no se sentirá tan solo. Hace ya quince años que se marchó. ¡Cómo pasa el tiempo! A la salida del camposanto tropecé con don Florián, el cura párroco del Carmen. Me interesé por su reuma y me dijo que en los otoños secos mejora. Volvimos por el paseo de cipreses hablando del padre. Hacía una mañana templada y de no ser por lo apagado del sol y el aspecto del campo, parecería primavera. Le recordé al cura que hacía quince años de lo del padre y él dijo: «Verdaderamente no somos nadie». Él me contó algunas anécdotas de cuando cazaban juntos. Luego le recordé la tarde del entierro y le dije lealmente que su presencia me dio valor. Aquel día, quince años antes, don Florián me cogió de los brazos y me dijo: «Ya eres un hombre, Lorenzo». Lo decía porque yo tenía los ojos secos, sin darse cuenta de lo que a mí me costaba tener los ojos secos, recordando la mañana que el padre marró una liebre, tiró la escopeta y me dijo llorando: «Esto no debes hacerlo nunca, hijo». Le dije luego si recordaba que el Don pasó la noche aullando como un poseído. Don Florián dijo: «¡Qué hermoso animal aquel! ¡Sentía casi como una persona!». En seguida cambió de conversación y me mostró las casas del Secretariado. Le dije que vaya si era una gran obra. Al pasar por casa del Pepe me preguntó don Florián cómo marchaba y yo le dije que lo mismo. Él dijo que si seguía sin acercarse a la iglesia y tomando sus cosas a chacota. Le contesté lealmente que ya se sabe que el Pepe no toma nada en serio. Don Florián dijo que qué lástima de chico, que tenía buenos principios.

Hubo carta de Tino. El hombre, tan satisfecho de la vida como siempre. La madre dijo que todos los días le pide al Señor que a la Veva le nazca un crío. Le pregunté el porqué y ella dijo sólo que Tino necesita un hijo. Mi hermano dice en su carta que no podrá venir para Nochebuena.

6 noviembre, jueves

Esta mañana me topé con la de Alemán, de palique con el de Gimnasia en el sofá de la Sala de Profesores. Detrás mío entró el de Francés y les vio lo mismo que yo, pero como el de Gimnasia es un tipo con una espalda como un encerado, se hizo el tolondro y pasó a la Secretaría sin saludarles. Yo ya me olía la tostada, y cuando sonó el timbre sin dejarlo, ya sabía por dónde iba. El de Francés se puso guapo, aunque no llevaba razón. Le dije lealmente que no le vi salir de Secretaría y que le hacía arriba. Él dijo que mi obligación era estar abajo y no preocuparme de si él entraba o salía en Secretaría. Le dije entonces que si abandoné mi puesto fue por subir el correo y él me contestó que no me tomase atribuciones de cartero; que no me competían. ¡El muy cipote! Terminó por decir que esperaba que fuese ésta la primera y la última vez. Luego volvió a llamar todo el tiempo, porque le molestaban unos cuantos cantando en el corredor. Al salir se me acercó el Pavo y me preguntó qué pasaba. Me gustó que me tutease, la verdad, y yo le dije que el de Francés se quejaba de que un grupo cantase en los pasillos mientras daba la lección. El Pavo se echó a reír y me dijo que lo que pasa es que al tío le molestan los cuernos. Estuvimos un rato de cháchara y finalmente le dije al Pavo si era cierto que su padre tiene un coto. Me preguntó si era cazador y yo le respondí que sí y él entonces dijo que fenómeno, y que para vacaciones iríamos un rato. Le dije, para obligarle, que qué clase de combinación había y él me contestó que saldría por mí a la estación en la serret.

A las dos, cuando todo el mundo se había largado, me topé con el de Francés hablando con la de Alemán. Él creía que estaban solos y le iba diciendo a voces que jugar con los sentimientos de un hombre honrado era una bajeza. La de Alemán no le hacía mucho caso y fue él entonces, la agarró de las muñecas y dijo no sé qué de hacer una barbaridad. Me di media vuelta y me puse a silbar para que me oyesen. ¡Toma del frasco!

7 noviembre, viernes

Le pregunté esta mañana al señor Moro si no nos renovarán el abrigo este invierno, porque el que tengo está para dárselo con cinco céntimos a un pobre. Me contestó que se lo diga yo a don Basilio, porque a él le duelen ya las narices de ir con esa embajada. Según el reglamento deberían renovarnos el vestuario cada tres años, pero por lo que dice el señor Moro va para cinco que no le dan un botón. Aproveché cuando don Basilio salía de clase para decírselo y él me respondió que estaba en ello, pero que el Centro no anda en fondos. Luego dijo que si le saca al Director General para la Biblioteca, retirará un pellizco para los abrigos. Le dije que reparase en el mío y a él le gibó tanta insistencia, me apartó de malos modos y me dijo que sí, y que le dejara en paz.

A Melecio le conté esta tarde lo del Pavo. Melecio quiere ir en víspera de Navidad y traer conejos para las fiestas. Me preguntó si hay algo nuevo de la chavala. No he querido decirle que la tengo en las mientes a todas horas, y que esta mañana la vi salir de la churrería y me entró un temblor de piernas que para qué. Quedamos en ir el domingo a lo de Jado.

9 noviembre, domingo

Las perdices de lo de Jado están muy bravías. Claro que también es cierto que las ovejas han entrado ya en los majuelos y no tienen donde aguardar. Estuvimos tres horas dando patadas sin disparar la escopeta. La Doly andaba trabajadora, pero como si nada. A las dos nos llegamos a un maizal sin panochas, pero con las cañas altas. Allí se armó la guerra. Las tías salían a huevo, y no dábamos abasto. Cobramos cinco en un cuarto de hora y una se me largó de ala. Al concluir la mano, se me arrancó de los pies una media liebre. Las cañas me mareaban y dejé los dos tiros cortos. Le voceé a Melecio y le ocurrió otro tanto. En la vida se llevó una pieza más maldiciones. Melecio dijo que estaba cierto de haberla sacudido. Yo le dije que alguna habíamos de dejar para que criase. A cosa de kilómetro y medio hallamos la media liebre muerta junto a un chaparro. Melecio la puso a orinar y reventaba de contento. Nos sentamos a comer en una junquera y le pregunté que qué pediría él si le dijeran que se le concedía un favor. Melecio pensó un momento y dijo luego que el Mele fuese un gran cazador. Le pregunté por los años del Mele y me dijo que ya va para ocho. Luego nos pusimos de recordatorios, y Melecio mentó a doña Flora y el día que él se orinó en la procesión del Viernes Santo cuando iba tocando la corneta. Nos reíamos a carcajadas como dos menguados. Era por doña Flora, y por la media liebre, y por el cielo azul intenso, y por el campo abierto a lo largo y a lo ancho y por nuestras fuertes piernas para recorrerlo. Melecio explicó que no se pudo contener, y que la gente armaba dos murallas a lo largo de la calle. Le recordé yo que doña Flora, de regreso, le sacudió dos guantadas y dijo que para tanto como eso no había dado ella permiso para orinar antes de la procesión, y que había sido una vergüenza para el Grupo Escolar número 4. Habíamos terminado de comer y nos tumbamos un rato al sol, entre los juncos. Dije, luego, que yo pensaba entonces que era una eternidad lo que nos faltaba para hacernos hombres. La Doly jadeaba a mi costado, y Melecio dijo que ahora, en cambio, piensa uno que es un suspiro sólo lo que nos queda. Le dije asustado que se callara.

Por la tarde vimos correr el zorro por un teso pelado. Cojeaba de la mano izquierda. Luego empezaron a bajar las primeras sombras sobre el campo y sentí, sin saber por qué, como una tristeza. Tiré dos perdices largas por calentarme la mano. Melecio, a última hora, derribó un engañapastor porque se aburría. Hasta las doce no regresamos a casa. El rapidillo traía cuatro horas. Dicen que ha habido un descarrilamiento de la parte de Cervera.

12 noviembre, miércoles

Esta mañana bajé por una pela de churros. La chica me despachó como si fuera un desconocido. Me dolió, palabra. El hombrón miraba sin dejarlo desde su taburete y callé la boca. Luego oí decir al Pavo que la chavala de la buñolería está como un tren. Por la tarde regañé con Tochano por jugar el Rey a destiempo. Ha sido un día negro. Me acosté de mal café.

15 noviembre, sábado

Se presentó Serafín a la hora de comer y le dijo a la madre que la Modes andaba con dolores de parto. La madre se echó el abrigo y se fue con él. A la noche, regresó. Mi hermana ha abortado. Dijo la madre que era un crío muy majo. Me pasé por casa de mi hermana después de cenar. Tenían al crío en una caja de zapatos sobre la mesa de la cocina, y mi cuñado lloraba a su vera. De vez en cuando acariciaba las manitas del chaval y lloraba más recio. No me imaginaba que la muerte de algo que no ha vivido pudiera doler. La Modes se quejaba en la habitación de al lado y entré a verla. Le dije que era una pena y que parecía un crío muy majo. Me agarró las manos y anduvo llorando un rato abrazada a ellas. Luego se serenó y me preguntó que si acompañaría a Serafín mañana a dar tierra al niño. Yo le pregunté que si se enterraba con todas las de la ley a algo que no ha nacido. Ella me contó que le habían bautizado y todo, y le habían puesto Pío, como el papa. Le dije que si aguardaban a la tarde podría ir con Serafín. La Modes me dijo que habían estado de la fábrica de mi cuñado y uno había dicho que el crío empezaba a oler. Yo le dije que si a oler con este frío, y ella insistió que eso decía uno. Le dije que eran pamplinas, y que a las cuatro iría con un coche. Me han gibado la excursión de mañana.

16 noviembre, domingo

Hoy enterramos al chavea de mi hermana. Parecía una cofia eso de enterrar una cosa que ha muerto sin nacer. Fuimos los dos solos, con la caja de zapatos. Yo, por distraer a Serafín, le pregunté si la caja era de unos zapatos suyos o de la Modes, y él me contestó que se la había dado un vecino, pero que de todos modos el chaval no mediría más de un cuarenta y uno.

Serafín se había colocado una corbata negra. El tío es muy aparatoso. Le puse un brazo por los hombros y le dije que tuviera resignación y que aún le quedaban cuatro. El cagueta de él empezó a hipar y pidió al taxista que parara. Se apeó llorando y me dijo que aguardase un minuto. Le vi que se metía en un bar, y entonces me apeé yo. Me preguntó el taxista si era cierto que llevábamos en la caja un niño muerto. Le dije que sí y él me pidió que se lo enseñara. Levanté con cuidado la cubierta y él dijo que era muy majo y que parecía talmente un muñeco. Me metí en la taberna con la caja bajo el brazo. Mi cuñado estaba en un grupo y tenía un campanillo sobre el mostrador. «Ve, aquí está», dijo al verme, y me quitó la caja. Le pregunté qué iba a hacer, pero no me contestó, puso la caja sobre una mesa de mármol y la destapó. Los cipotes que andaban con él se quitaron la gorra. Serafín rompió a llorar, se bebió el campanillo y pidió otro. Yo entonces me cabreé, cogí la caja y la cubrí y le dije a Serafín que me iba a enterrarlo solo. Él vino a mí y se puso a zamarrearme y a decir que el crío era suyo y que dijera otra vez lo de irme a enterrarle solo y me daba una mano de guantadas que no me iba a conocer ni mi madre. Le dije entonces que si no le daba vergüenza emborracharse de esa manera con su hijo de cuerpo presente y él se echó a llorar y se me abrazó y me dijo que el chiquillo se había muerto porque no le merecía. Como es de ley, me tocó pagar los vasos. Serafín iba voceando por la ventanilla que su hijo se había muerto porque no le merecía. La gente miraba y yo temía que a Serafín le diera algo. A la vuelta le acompañé a casa y le dejé acostado. El desgraciado me ha dado el día.

19 noviembre, miércoles

Hubo Claustro esta tarde. Como me olía que tratarían de la grati de Navidad, anduve al quite. En las citaciones se hablaba primero de los Ayudantes interinos y luego de la Biblioteca. La cosa salió a relucir en ruegos y preguntas. Don Basilio hace el canelo sometiendo estas boberías al Claustro. Al hombre se le encoge el ombligo cuando tiene que decidir solo. De todos modos nadie puso pegas y la grati se aprobó. Al subir, se lo dije al señor Moro y me soltó un bufido. Me eché a reír en sus barbas, más tranquilo que el Bomba, y esto al tío marrajo le desconcertó. ¡No te giba!

Al afeitarme, después de cenar, me encontré cara de panoli y me corté el bigote. La gorra me va peor sin él. Para la primavera me lo volveré a dejar. Con estas heladas no hay bigote que aguante.

La madre ha vuelto a decirme que anda alcanzada. Estas cosas me ponen de mal café. Ella dice que no tiene culpa, pero la fetén es que otros viven con menos. Le dije que aguarde a que se resuelva lo de la Conserjería y, si fallase, habrá que pensar en buscar algo para por las tardes.

23 noviembre, domingo

La Amparo ha caído con la gripe y en vista de ello me subí en la burra con el Mele, a lo de Herrera. La Doly nos dio la tarde, pues no se hace al soporte. La amarré, Pero la tía es terca como una mula y dos veces estuvo en un tris de ahorcarse. Lo de Herrera está muy pateado y las pocas perdices que quedan se levantan en París. En toda la mañana no vi más que una liebre rabiosa que se me arrancó a dos kilómetros. Está visto que en esto de la caza lo que no se haga en septiembre y octubre no se hace luego. Comimos en la cotarra San Crispín. Desde el alto se dominan los bosques de negrales, perdiéndose en la distancia. El río corre por medio y espejea con el sol. El Mele me preguntó dónde acostumbra a anidar la perdiz, y le dije que en Castilla suele hacerlo en las cebadas y los trigos. Le estuve contando que a veces los segadores encuentran un nido con huevos y al día siguiente no queda más que el cascarón. Me preguntó si es que nacían corriendo y le respondí que algo parecido a eso. A la derecha del pinar están los barbechos, y al cabo, lo de Muro, y le dije al Mele que íbamos a seguir el lindero después de comer, a ver si había más suerte. Me prometí de antemano no pisar una hierba del coto, pero luego, al ver que no salía una mosca, maneé unos chaparros. Era tan grande el silencio que me confié y al llegar a la pimpollada tiré a la derecha y me metí tranquilamente en el coto. Casi no habíamos dado un paso cuando apareció el guarda. Le di las buenas tardes y él dijo «si no sabíamos que eso estaba penado». Puse cara de gilí y le dije que cuál. El candongo tiró de libreta y me pidió los papeles. Le pregunté si es que me iba a denunciar y si por casualidad era aquello terreno de Muro. Respondió que bien claro lo decían las tablillas. Había una a cuatro metros, pero le dije que debía dispensarme porque no obré a intención. Él se cabreó, volvió a pedirme los papeles y dijo que todos iban con la misma copla. Vi la cosa mal y le puse en la mano un billete de cinco pavos y le pregunté qué alargaba el rifle. El vivales miró de reojo la mano y respondió que como alargar puede que los dos kilómetros, pero que a esa distancia no se hace puntería. Le dije que si eran alemanes y él dijo que sí, que eran alemanes. Luego le pedí que me indicara por dónde iba la linde y me largué. De retirada, se arrancó una perdiz en unas palas, grandota como un ganso, y le tiré por calentarme la mano. La tía zorra cayó como un trapo. Llamé a la Doly, pero no sé qué coños la pasa a esta perra que, a pesar de que la llevé donde el plumón todavía caliente, no dio con ella ni la picaron los vientos. El bicho este no vale un real. Sobre los cinco barbos, esto. Lo que faltaba para el duro. Y encima, la madre me puso jeta porque vengo de vacío. Las mujeres son así. Creen que esto de la caza es aquello de llegar y besar el santo.

25 noviembre, martes

Dice el Pavo que el doce sale con la Tuna para Marruecos. Como veía mal la excursión, le pregunté si desistíamos de lo del monte, y él entonces me dijo que si hacía el siete. Le contesté que fenómeno, aunque no sé qué pensará Melecio sobre el asunto.

Al concluir las clases, don Rodrigo, el de Matemáticas, me llamó y me dijo que si quiero encargarme de la venta de unos apuntes de su asignatura. Me advirtió que se trata de hacer las cosas discretamente, y que me dejará un duro limpio cada ejemplar. El asunto me hizo tilín y le dije que de acuerdo. Don Rodrigo, aunque joven todavía, da la sensación de un hombre agotado. A pesar de que le dije que bueno, él se puso a darme explicaciones y me dijo que ya sabía que esto no debería hacerlo, pero que le dijera qué puede hacer un hombre con seis hijos y mil ochocientas mensuales si paga novecientas de casa. Me gibaba tanta historia, pero él, como si nada, siguió diciendo que en un país bien organizado, él vendería sus apuntes en la librería, pero que si conocía yo la comisión del librero, y que para tanto como eso él se hubiera metido librero y no tendría necesidad de estrujarse los sesos. Yo le dije que sí y él se animó y dijo que no fuera a creer por estas cosas que me decía que el negocio fuese una cosa inmoral, pero que me pusiera en su situación con ocho bocas en casa y no sabiendo más que matemáticas y no poder dar clases particulares, porque está prohibido, y que lo de vender apuntes se hace en todos los Centros docentes. Le dije que qué cosas tenía, y él me contó entonces que no hablaba por hablar y que, en el último viaje de estudios a Baleares, oyó decir a dos alumnos en la cubierta del barco que don Rodrigo era capaz de afeitar un huevo. Luego insistió en que le dijera sinceramente qué puede hacer un hombre como él con mil ochocientas mensuales y ocho bocas en casa si no es afeitar un huevo. Para que me soltara tuve que decirle que tenía que dar la hora al de Francés, y que ya sabía cómo las gastaba. Me dijo que no dejara de pasarme por su casa a recoger los apuntes.

En casa me encontré a Melecio. Dice que la Doly está enferma y que no sabe si es el moquillo, porque el animal anda muy postrado. Recuerdo que la tarde de Herrera no quiso seguir el rastro de la perdiz que caí, a pesar de que la llevé donde estaba el plumón todavía caliente. Quedé en pasarme por su casa para ver lo que procede. Éramos pocos y parió la abuela.

28 noviembre, viernes

La Doly anda cogida. Lleva dos días sin probar bocado. En el ojo derecho se le ha formado como una telilla transparente. El Mele no se separa de ella. Acordamos llamar al veterinario. Melecio me preguntó si sabía lo de Tochano. Dije que no, y él dijo entonces que se casa con la Paula para Navidad. Le pregunté cómo era eso y él me contó que le encontró ayer tarde y le había dicho que durante su enfermedad pensó en la vida y había decidido casarse con la chica que le había demostrado su cariño. Le dije lealmente a Melecio que mira por dónde un zorro había conseguido lo que no consiguió don Florián, el cura.

José, el de Secretaría, me ha dicho que ayer volvieron a hablar de la Conserjería don Basilio y don Rafael. No sabe qué decidirán, pero cree que lo que sea sonará pronto. Al tal don Rafael le tengo más miedo que a un nublado. Es más tonto que un hilo de uvas, pero se me hace que no me tiene buena ley.

Como me prometió el Pavo, la Tuna estuvo esta noche donde Anita. Sólo se asomó el churrero y les dijo que se largaran, porque el chaval acababa de agarrar el sueño. Les dio tres pelas. El tío no se ha corrido. La verdad es que tres pelas en estos tiempos no son dinero.

29 noviembre, sábado

Estuve esta tarde a ver a la perra. Por lo visto el veterinario ha recetado penicilina. Pregunté a Melecio si interesaba la inversión con un animal que así viva mil años nunca aprenderá a cobrar, pero él dijo que aunque no sea más que por el chico está determinado a ello. Escotamos a diez barbos. De vuelta a casa me di de bruces con Anita. Me acerqué a ella y la panoli puso cara de circunstancias. Le pregunté si le gustó la serenata y respondió que su padre a poco la desloma, porque había entendido que ella salía con estudiantes. Le dije entonces que si tenía a mano las fotografías de la artista esa que se le parece, y me contestó que el domingo las sacó, pero que no me vio en el paseo vivo ni muerto. En el portal le agarré una mano y ella me dejó hacer. La arrinconé y le solté lo que pensaba desde que la conocí en la buñolería. Ella me salió con que por qué me había quitado el bigote. Le pregunté si le gustaba más con bigote, y ella dijo que ni más ni menos, solamente que extrañaba el verme ahora sin él. Estaba tan mollar que pensé que era buen momento y le pregunté por su madre. Ella se extrañó que le preguntase por su madre, y yo le dije que era por lo del crío. Se achucharró como si yo le hubiera propuesto un qué y, al fin, me dijo que su madre iba ya por la buñolería, y que ella había vuelto a peinar. Le dije que no sabía que peinara y ella dijo que iba para un año que trabajaba con las Mimis en la peluquería de la calle La Blanca. He quedado en ir el martes a la noche y ella en echarse al bolso las fotografías.

2 diciembre, martes

En cuanto oteé al Mele esta tarde trasteando en la calle, ya me imaginé que la perra estaba buena. El chavea me lo confirmó. Anduvimos los dos un rato tirándola el pellejo de la liebre, pero ella enreda con él, pero no lo trae. Melecio me ha devuelto 4,75. No ha sido caro el tratamiento. Ahora, cuando se mete uno en boticas, hay que cerrar los ojos. Me preguntó Melecio si se había explicado Tochano. Ya le dije que no. Al marchar me preguntó dónde iba con tantas prisas y le conté lo de la chavala. Estuvo un rato de cachondeo.

Anita sacó las fotografías. Sí, pero no. Es Anita, pero no es Anita. Ella tiene un qué que le falta a la otra. Se lo planté así y ella dijo que eso quisiera. Aunque hacía fresco, dimos una vuelta por los soportales y la invité a un bartolillo en «La Conchita». Anita es más golosa que un gato. En el portal le pregunté cuándo iba a darme una respuesta, y ella dijo que no sabía que le hubiera preguntado nada. No sé qué me da esta mujer que me tiene como tolondro.

3 diciembre, miércoles

Los apuntes de don Rodrigo se venden como rosquillas. Ya me han dejado 125 líquidas. Esta tarde me llegué a su casa a llevarle su parte y me mandó pasar, y me enseñó un termómetro para que vea que la temperatura no pasa de trece grados, y que no puede encender una estufa de petróleo, porque entonces se vería obligado a reducir la ración de los chicos. Dijo que aborrecía todo eso de andar con tapujos y no obrar a las claras, pero que los hijos son los hijos y con mil ochocientas mensuales, pagando novecientas de piso, no puede hacer milagros. Luego dijo que si sabía yo por qué ellos no tenían economatos, que si por casualidad los hijos de los catedráticos no tienen estómago como los demás. Le contesté que no lo sabía y le di los cuartos. Los contó dos veces delante de mí y, luego, me entregó otra docena de ejemplares de sus apuntes. Al marchar, insistió en que no se trata propiamente de un negocio clandestino, sino que al rogarme discreción pretende tan sólo no darle excesiva publicidad. Me escama a mí ya tanta gaita, pero si yo dijera no, el señor Moro no le iba a ir con ascos.

En el café nadie dijo media palabra de la boda. Echamos la partida como si tal cosa. Palmó Zacarías. El Pepe me preguntó por qué no íbamos el domingo a lo de Villalba. Le dije que tenía compromiso y él preguntó que dónde. Le conté lo del Pavo y me dijo que si no había sitio para él. Le respondí lealmente que no. Todavía estoy aguardando que me liquide los cafés y los cartuchos de Aniago.

4 diciembre, jueves

Cuando subí a comer este mediodía no se podía parar. En la azotea había una docena de cajones de envasar pescado que tiraban para atrás. Llamé en casa del señor Moro y le pregunté qué pintaba allí aquella basura. Asomó la bruja de la Carmina y me voceó que si me importaba a mí mucho lo que pintaban allí los cajones. Le dije que tanto, que si ella no los quitaba de allí los iba a tirar yo mismo a la calle. Metió el cuezo el señor Moro y me dijo que los cajones se estaban secando para luego hacer astillas con ellos. El cipote me preguntó si sabía yo lo que costaba un saco de leña. La madre, que andaba al quite, dijo que si creía el señor Moro que ella encendía la lumbre con piñas de California. Yo dije entonces que bien que ahorrasen en leña, pero que pongan a secar los envases donde no molesten. La pingo de la Carmina todavía voceó que si los iba a meter en la cocina, y yo le contesté, de mal café, que por mi parte podía meterlos donde le cupieran.

A las siete salí con la chavala. No sabe hablar más que de las Mimis. Dice que la mayor tiene un novio fogonero y que ella por nada del mundo querría un novio fogonero. Le pregunté que si por lo de los tiznones, y ella dijo que no por eso, sino porque cada jueves y cada domingo se largan de casa y a ella le gustan los hombres caseros. Anduvo un rato rondando delante de «La Conchita», pero yo me hice el sueco.

De retirada me topé con Melecio. Ha recibido una citación del Ayuntamiento y le dije que es fijo por lo de la Sinfónica. Él se encogió de hombros. Ya le advertí que si le hacen flauta caerán unas pelas. Mañana se pasará por allí a ver lo que se cuece. Le pregunté por la Doly y me dijo que el domingo podremos llevarla ya donde lo del Pavo.

6 diciembre, sábado

Hoy, San Nicolás, fiesta para el gremio. Mañana, domingo. Al otro, la Inmaculada. Luego, vacaciones hasta Reyes. Me levanté tarde y la madre me llevó el desayuno a la cama. Anduvo hablándome de sus problemas y me dijo que hoy con dos duros no hace la plaza. Ya le dije que a ver cómo viene lo de la Conserjería, y que si no, veré de buscarme algo para por las tardes. Yo debí hacer lo de Tochano. Tochano no tendrá mucho fijo, pero en propinas hace más de los ocho barbos líquidos. La gente agradece que le metan un giro en casa. La verdad es que embolsar cuartos sin más que firmar un cartón es un momio. Y no creo que Tochano le eche al asunto más de tres o cuatro horas. Claro que uno tiene aquello de la categoría. Pero uno va perdiendo la fe en la categoría. Es una filfa. La madre dice que con la categoría no se come y le sobra razón. Yo no tengo más que categoría y un uniforme. Y para eso también Tochano tiene uniforme, aunque desde luego es otra cosa.

A las seis vino Melecio. Estuvimos recargando hasta las diez. Insiste en que lo del Pavo es una mina. Veremos. Por de pronto llevamos 75 tiros por barba. Para Reyes le pediré a la madre una canana de pinzas. La que tengo está para tirarla. Le pregunté a Melecio por la reunión del Ayuntamiento y me dijo que el alcalde está emperrado en formar una orquesta, pero que saltan muchas pegas. Él quiere que una sociedad con elementos fijos la sostenga. Dice Melecio que eso es difícil porque en la ciudad no hay afición, y que ya es un dato que entre cien mil habitantes no haya un solo chelo. Hay que empezar por buscarle fuera y eso es un renglón. Le pregunté cómo se llamaría la cosa y él dijo que eso depende. Luego hablamos de la boda de Tochano y le dije lealmente que estaba escamado, porque en el café nadie se explica y yo sigo sin recibir invitación. Por lo visto la boda está fijada para el treinta, porque Tochano y la Paula quieren comer las uvas en la Puerta del Sol. Me preguntó por Anita y le dije que no nos vemos desde el jueves, pero que había empezado con el sistema de mano dura y tente tieso, y ella se había puesto de monos. Después le dije que se parecía a una artista de cine y él dijo que a todos, cuando novios, se nos hace que la novia se parece a una artista de cine, sólo que en mejor. Le pregunté que si la Amparo también y él me dijo que si no me había fijado que la Amparo tiene las mismas facciones que la Joan Bennet. Quedamos en oír misa de siete en los Agustinos. Le dije a Melecio que el Pavo subirá a la estación a las nueve en la serret. Al marchar me preguntó Melecio a qué artista se parecía la Anita y le dije que a la Pier Angeli. Se quedó frío y yo le confesé que no la conocía y que qué tal estaba, y él respondió lealmente que ni carne ni pescado.

7 diciembre, domingo

Lo del Pavo es un monte de encina apañadito y abierto. Se tira superior de la parte de la corta. Eso no quita para que yo hiciera poca carne. Al Pavo todo se le volvía decir que me creía mejor escopeta. Y es que el pelo se me da mal. Prefiero la pluma cien veces. El Pavo me prometió que a la tarde iríamos a las perdices. Pero a la tarde empezó a caer un aguanieve muy fina que nos quitó de cazar. El Pavo nos llevó a casa del guarda y preguntó si había llegado la garrafa. A mí no se me iba del pensamiento el conejo que se me embocó con las patas rotas. Y la Doly como una lela ladrando a las nubes. El Pavo empezó a ponerle pegas al vino, pero a mí me sabía bueno. Dijo el guarda que ahora todas las cosas tienen un sabor raro, por los abonos. Melecio dijo que sí y el guarda cogió humos y dijo que entre un huevo de sus gallinas y un huevo de granja hay más diferencia que entre un filete de ternera y otro de caballo. Melecio dijo que le gustaba la carne de caballo, y el Pavo que no podía tragar la liebre. Yo le dije que no la habría comido bien preparada y que un día le subiría a casa a comer una liebre como Dios manda. El Pavo aceptó. Dijo Melecio que la madre, si quisiera, podría ganar cuartos como cocinera en un hotel de postín. A las cinco escampó y salimos un rato a las perdices. Cogimos la lindera para meterlas dentro. Junto al monte había unos tipos excavando los majuelos. Después de mucho patear no vimos ni sombra de ellas. Yo marré dos conejos que se me metieron en los pies.

Camino de la estación vimos el bando en un barbecho. Las zorras no se espantaron de la serret. Llevaba la escopeta armada y tiré apuntando con cuidado. Quedé dos y esto me quitó el mal humor. En la estación me dijo el Pavo que el 14 salen para Marruecos. Luego me dijo que me había visto con la chavala de la buñolería y que estaba buena. Me gibó que me hablara así e hice como si no le oía. El Pavo tiene el cochino vicio de hablar así de todas las mujeres. Tocamos a cinco conejos y una perdiz por barba. En el tren dijo Melecio que el monte está bien de caza, pero que no es para tanto. De acuerdo. Mañana, la Virgen, subiremos en las burras a lo de Miranda.

8 diciembre, lunes

El día ha estado de nieve. Hicimos dos altos al ir y dos al volver para no quedarnos entumidos en el sillín. Dicen que es una ola de frío que viene de la Siberia. El Pepe se cachondea y dice que todo lo malo viene ahora de la Siberia. No le falta razón. Yo no me quité los guantes, aunque Melecio me advirtió que gato con guantes no caza. De salida se me largó una rabona por llevar la escopeta en el seguro; lo puse un momento para orinar y luego me olvidé de quitarlo. La tiré en París. La tía zorra bien puede decir que nació hoy. Es bonito lo de Miranda y un buen sitio de liebres. Si tuviera tablillas sería un paraíso. Claro que si tuviera tablillas ni Melecio ni yo tendríamos que hacer allí. Melecio hizo un bonito tiro a una torcaz. Sobre las dos se puso a nevar, y Melecio dijo que podíamos volvernos. Me resistí porque aún no había hecho nada. Cara al viento la cellisca nos cegaba. El matacabras zumbaba entre los chaparros y era un espectáculo ver los troncos blancos de un lado y del otro negros. La nieve cuajó a escape porque caían copos como platos. Melecio, inclinado contra el viento con la escopeta en la mano, parecía un cromo. En un tiento a la bota, me dijo Melecio que si salía un jurado podía buscarnos un escarmiento. Le pregunté la razón y él dijo que la ley llama a los días de nieve días de fortuna y está prohibido cazar. El que hizo esa ley no vio volar las perdices en lo de Miranda con la cellisca.

De regreso, la Doly se puso de muestra junto a un chaparro. Al acercarme vi que algo aleteaba en el suelo. Era una chocha-perdiz que debió hincar el pico en la tierra para chupar el jugo y la sorprendió la helada. Debía llevar tiempo allí, porque el animal estaba aterido. Llamé a Melecio, la sacamos con cuidado y nos pusimos en camino. A poco de llegar empezó a molestarme el vientre. Creí que era una necesidad, pero no. Me metí en la cama con una botella de agua caliente y se me pasó.

La madre no hace más que decir que si estamos locos, salir al campo con este tiempo.

9 diciembre, martes

El Mele quiere conservar viva la chocha-perdiz. La ha puesto en un cajón con tierra hasta la mitad para que chupe los jugos. Le advertí a Melecio que estos animales no admiten el cautiverio, pero él respondió que no quiere quitarle ese gusto al chico. La Doly anda encalabrinada con el pájaro.

Esta noche tuvo un percance el correo de Irún. Estuvieron hasta las tantas trabajando a la luz de los focos para dejar libre la vía.

Pasé dos horas en la terraza contemplando los trabajos.

12 diciembre, viernes

Don Basilio me llamó esta mañana a su despacho y me dijo que había tratado con don Rafael el asunto de la Conserjería. Se me paró en seco el corazón. Luego me dijo que por encima de su voluntad estaban los treinta y cinco años de servicios del señor Moro, y yo le dije que me parecía justo. Me aclaró que al señor Moro le restan dos años y unos meses de vida activa, y que al cabo de ellos volveríamos a hablar. El que no se consuela es porque no quiere. Pero, anda, que vaya él a decirle a la madre que aguarde todo ese tiempo. Ya iba a largarme, cuando me dijo que acababa de despedir al sereno que encendía la calefacción del Centro, porque apandaba carbón. Me ofreció el puesto por doscientas mensuales. Antes de dejarme hablar me hizo ver la necesidad de encender la caldera a las cinco de la madrugada para que las aulas estén templadas para las primeras clases. Acepté a ojos cerrados, y cuando se lo comuniqué a la madre, dijo que Dios aprieta, pero no ahoga. Yo la advertí que lo malo será en los meses de calor, cuando nos quiten los cuarenta barbos. La madre se echó a reír y me dijo que ya de chico era igual, y que el día que se abría la veda lloraba pensando en el día en que habría de cerrarse. Hasta después de vacaciones no empezaré con la calefacción.

Melecio me dijo esta tarde que ha habido otra reunión en el Ayuntamiento. El alcalde está decidido a traer un chelo de donde sea. La Prensa habla hoy del asunto y dice que nuestra ciudad necesita una agrupación así, que ya existe en localidades menos pobladas. El alcalde quiere tenerlo todo liado para primero de año. A Melecio le ofreció el puesto de flauta. Él dice que no, pero le gusta que se acuerden de él más que comer con los dedos.

La chocha-perdiz la pringó anteanoche. El Mele, el hombre, anduvo toda la noche hecho un lloraduelos hasta que se cansó y se quedó dormido.

Estuve donde Anita, pero no salió. No sé qué demonios le pasa. Si espera que yo le baile el agua, está fresca.

14 diciembre, domingo

Ha caído una nevada de órdago. Teníamos todo liado para ir a lo de Presa, pero hubo que desistir. Las máquinas quitanieves anduvieron todo el día afanando en la estación. Por la tarde estuve en el café. Al marchar, Tochano me llamó aparte y me dijo que si no me ha mandado invitación es porque entre nosotros sobra la etiqueta, y que ya sé que me espera el 3 en San Andrés, a las once. Le di las gracias y luego le pregunté a Melecio si le mandó a él invitación. Dice que sí. Decididamente yo no voy a la boda en estas condiciones, ya que no hay razón para que Tochano vaya a guardar etiqueta con él y no conmigo. Uno no será un duque, ¡qué coño!, pero tiene su amor propio.

16 diciembre, martes

Don Basilio me dio esta mañana una participación de cinco duros para el sorteo de Navidad. El número es el 31.165. La madre dice que es bonito, pero lo que hace falta es que toque. Dice la madre que si nos cae el gordo pedirá permiso a don Basilio para hacer obras en la cocina. Yo ya le he dicho a Melecio que si toca hay que comprar un cacharro. Estoy harto de pedalear y aguardar en las estaciones.

Al volver del estanco me tropecé este mediodía con el de Francés y la de Alemán. Iban haciendo boberías. Ella dijo adiós, pero él lo mismo que si pasase un perro. Y no es aquello de que no me haya visto, puesto que yo iba de uniforme.

A la noche cambié con Melecio un duro de lotería. El del taller de Melecio es el 5.444. Quedamos en salir mañana para comprar el regalo a Tochano.

17 diciembre, miércoles

Compramos una panera que dice la Amparo es de mucho gusto. Fundimos ciento setenta del ala. Esto de los regalos de boda es un atraso.

En el café había mucho público. Eché un parchís con Zacarías, Tochano y el Pepe. Tochano dice que esto del parchís está bien para los chicos. A mí me parece más distraído que las cartas. Uno pone mucha pasión en el juego y todo eso de las barreras y las comidas y los seguros está pero que muy bien traído. Hubo carta de Madrid. Tino nos felicita las Pascuas y dice que siente mucho no poder venir para las fiestas.

Sigo sin ver a Anita. Si espera a que yo la hinque, está lista. Ni por Anita ni por santa Anita me tiro yo por el suelo. ¡Qué se habrá creído la panoli esa!

21 diciembre, domingo

Estuve un rato con Melecio en lo de la Diputación. Hicimos tres perdices. Por la tarde encontré a Tomasito en el España. El menguado sigue con su gorrilla de piñero. Palmé el café y luego le pregunté cómo iba la temporada. No charlaba de caza con él desde la perdiz aquella, en La Mudarra. Tomasito no tragaba que lo mismo que él pudo matarla yo, ya que los dos tiros sonaron al mismo tiempo. Tuvimos que hacerle la autopsia y encontramos cuatro perdigones: dos del 6 y dos del 7. Él había tirado con 6 y yo con 7. Le dije que le habíamos pegado los dos, pero él se puso burro y voceó que sus cartuchos llevaban mezcla y que yo quería enredarle. Hace de esto dos temporadas. En todo este tiempo no me saludó. Pero esta tarde ya se le había pasado. Cuando le pregunté por la temporada, me contestó que el domingo último marró una liebre que vio en la cama, en lo de Cuesta. Le dije que estaría entrematada y él dijo que no, que en un barbecho; que la tía guarra tardó en arrancarse y le puso negro. Yo le conté lo de la chocha y lo de las tres perdices que caí de un tiro. Cuando se largó, me dijo el Pepe que Tomasito ha estado un mes a la sombra por un asunto de dinero.

La madre y yo nos acostamos a las mil, determinando lo que haremos si nos cae el gordo. Ya la advertí que, en ese caso, retiraré mil duros para hacerme ropa.

22 diciembre, lunes

Nada. Lo de siempre. Tengo muy mala potra. Todo para Madrid y Barcelona. Le cuesta a uno hacerse a la idea de que ha de seguir pedaleando y aguardando en las estaciones como un paria. No sé por qué este año me daba a mí el pálpito de que íbamos a agarrar un pellizco en un premio grande. ¡Pero, mierda! Ni un cochino reintegro. Pasé la mañana frente a la pizarra del periódico viendo anotar los premios gordos. Yo le tenía dicho a Melecio que lo primero que haría de caerme el gordo sería agarrarme la burra, llegarme a lo de Muro, liarme a matar liebres, y cuando saliera el jurado darle mi nombre y mis apellidos para que cumpliera con su deber. Le anuncié a Melecio que ese gustazo me lo daba, aunque me costase cuarenta duros. Pero nada. Todos los años ocurre igual. Y uno no acierta a escarmentar. Mañana subiremos con Tochano y los suyos a lo de Villalba, donde la perdiz aquella. Cogeremos el coche de línea a las ocho de la mañana. Todos piensan traer carne para las fiestas. Yo me llevo la burra, porque no me da la gana aguardar el tren hasta las tantas.

23 diciembre, martes

El monte de Villalba no tiene más inconveniente que el de ser del común, y ya se sabe lo que ocurre en este país con las cosas que son del común. Así y todo hay liebre en cantidad. Es un monte grande y cerrado y la caza se defiende bien. Zacarías había avisado a un primo suyo y nos esperaba a la entrada del pueblo con el camión del panadero. Hemos cazado de ojeo. Melecio llevó al Mele a pesar de que el tiempo está de helada. El chavea estaba negro y confundía las perdices con las urracas. Dimos tres ganchitos de salida y caímos dos liebres, dos perdices y una torcaz. Una de las liebres era un macho como un perro. Íbamos por el cuarto ojeo cuando apareció el jurado. El primo de Zacarías y su amigo escondieron las escopetas en un chaparro, pero al Pepe lo pilló *in fraganti*. El Pepe nunca lleva en regla los papeles. No tiene guía, ni permiso de armas y la licencia es del 44. El Pepe le dijo al jurado que era capitán de aviación y había olvidado los documentos en el campo. El jurado se echó a reír y le dijo que iba a retener la escopeta, y que al otro día podría volver en avión a mostrarle los papeles. El Pepe se cabreó y le dijo que la escopeta se la podía quedar, pero que de él no se cachondeaba ni su padre. Le di de codo al Pepe por el Mele, pero él como si nada. Soltó dos ajos y le dijo al guarda que no olvidase que hablaba con un oficial. El jurado le tomaba a pitorreo. El primo de Zacarías le dijo entonces que no fuera mala sangre y que si quería acompañarnos a comer. El guarda le dijo que ya había comido y le preguntó dónde había dejado su escopeta. El primo de Zacarías se las sabe todas y le contestó que de sobra sabía que él nunca llevaba armas. Visto lo visto, el Pepe cambió de sistema. Le pidió la cartera a Tochano, le largó un billete de cinco pavos al guarda y le dijo que no se hablara más del asunto. El jurado dijo que por quién le había tomado, y no hubo manera. Cuando nos sentamos a comer le dije lealmente al Pepe que mejor le había ido así, ya que su escopeta no vale un real. Se lo planté de buena fe, pero él se cabreó y me dijo que no la cambiaba por la mía ni aunque le diera diez pavos encima. Lo tomé a guasa, porque la escopeta del Pepe está desgobernada, tiene los tubos picados y no ve la grasa desde antes de la guerra. El primo de Zacarías le dijo entonces que si apreciaba el arma volviera al día siguiente con diez machacantes. Por la tarde, cosa extraña, hicimos cuatro liebres más y en seguida se llegó la hora. Sacamos pajas y el Pepe cogió la pequeña, se endemonió y dijo que no quería caza. Melecio metió el cuezo y le dijo que le cedía su lote. El Pepe, como si no le oyera, se puso a vocear que había hecho tres piezas, le habían birlado la escopeta y para acabar de gibarla le despachábamos con una liebre tiñosa. Le hice ver que así es la caza y que otras veces mata menos de lo que se lleva, pero no hubo manera. Al fin, Melecio, por primo, cargó con la liebre del Pepe y el Pepe se llevó la liebre grande y la perdiz de Melecio. En el camino pinché y perdí media hora. No vuelvo a subir en la burra aunque el tren llegue a las tantas.

24 diciembre, miércoles

Vinieron la Modes, Serafín y los chicos a pasar la noche. Mi hermana anunció que esperaba otro crío. Serafín se puso a reír a lo mandria y dijo que mujer movida al año parida. No habíamos empezado a cenar y el cerdo ya estaba mamado. Ni sé cómo mi hermana le aguanta. Luego, a medio comer, se puso a contarme lo del aborto. El cagueta lloraba sólo de recordarlo. Le dije que yo le acompañé a dar tierra al crío, pero él erre que erre. Al terminar, la madre recordó al padre y echó unas lágrimas. Luego el mayor de la Modes tiró la botella de anís y acabó de gibarla. La Modes le sacudió una buena zurra. A las doce bajé con la madre a misa del Gallo, a los Agustinos. Tenía esperanzas de ver a Anita, pero como si no.

25 diciembre, jueves

El tiempo está muy frío. En todo el día de Dios se va la escarcha de la azotea. A la una me topé en la escalera con el señor Moro. El tío candongo me dijo que se alegraba de verme, en primer lugar para desearme felices Pascuas, y, en segundo, para comunicarme que había sido nombrado conserje. Le felicité y, por no cortar, le pregunté por la grati. Tiene entendido que es para el 27. Pero el guaje lo dijo con retintín.

Estuve donde Melecio a llevar a la Doly las sobras de estas fiestas. La tía está poniéndose cebona. Me dijo la Amparo que a ver si nos animamos a correrla para fin de año. Ya le dije que por mí no quedaría. Por lo que dice Melecio, el Pepe ya tiene la escopeta en casa.

27 diciembre, sábado

Vino Melecio este mediodía. Parece que el alcalde ha encontrado un chelo en Burgos y que, al fin, tendremos orquesta. El angelito exige dos billetes y piso además. Un momio, vamos.

Esta tarde me soltaron la grati y, además, las 273 que le faltan al señor Moro para completar los obvencionales. No me correspondían, pero don Basilio es un hombre considerado. Di recado a Aquilino para que organice la subasta cuando le pete. Llamó por teléfono para preguntarme si hace el lunes a las diez. Le dije que al pelo. Pasado mañana, la Jabalí en casa. ¡Gibar, he suspirado por ella más que por una mujer!

Tochano nos lleva mañana al Montico a cazar a toro suelto. Ni sé cómo se las habrá arreglado el panoli. Por de pronto iremos en taxi. Llevando bichos se puede uno permitir este lujo. Melecio y yo teníamos planeado dar unas manos a la linde de lo de Muro, pero esto puede aguardar. Lo que me da lacha es no tener para mañana la Jabalí del 16.

28 diciembre, domingo

A las siete menos cinco, Melecio, el Pepe, Zacarías y yo estábamos en los soportales como clavos. Hacía un frío del demonio y con la niebla apenas si se veía el reloj del Ayuntamiento. A las siete y media seguíamos aguardando. Dieron las ocho y nada. Zacarías dijo que sí que le chocaba que Tochano saliera al monte en víspera de boda, pero el Pepe voceó que ni la misma noche de bodas desperdiciaría él una ocasión de cazar con bichos. Fue Melecio el primero que cayó en la cuenta que era el día de Inocentes. El Pepe reventaba y dijo que si era una coña, Tochano se iba a acordar. También Zacarías se cabreó y dijo que la caza no es cosa de juego. Melecio dijo que habíamos sido unos primos, y el Pepe a poco me muerde, porque yo me eché a reír. Entonces les dije que era mejor seguir la broma y llamé a un taxista y le dije que se acercase a casa de Tochano, aporrease la puerta y le llevara a la Plaza aprisita, porque hacía más de una hora que le aguardábamos. Luego cogimos el rapidillo y nos fuimos junto a lo de Muro. Hicimos dos liebres y una torcaz. De regreso fuimos al España. Tochano estaba cabreado y preguntó quién era el malaentraña que gastaba bromas con el dinero. Le dijo Zacarías que peor era gastarlas con la caza, y se enredaron a voces. Tochano se puso faltón y acabó confesando que el taxista le despertó y le cobró tres pavos. Terminamos jugando una siete y media. A mitad de la partida, Tochano le dio un pito a Zacarías, y cuando Zacarías lo fue a prender pegó un estallido. Tochano se meaba de risa. Luego llamaron por teléfono a Melecio y el de la mesa de al lado le quitó la silla. El mandria la gozaba cuando Melecio dijo que habían colgado sin más. Camino de casa le dije a Melecio que iré a la boda de Tochano por no dar la campanada.

La madre me dijo esta noche que le pida a

don Basilio un anticipo a cuenta de la calefacción. Le di un billete, aunque todavía no sé lo que podrá valer la Jabalí.

29 diciembre, lunes

¡Gibar con Aquilino! Me llegué esta mañana al cuartelillo, a la subasta, y había otros dos tipos, uno con un cuero y cara de profesional y el otro un señoritingo bien trajeado. Salieron dos antes que la Jabalí y se las quedó el del cuero. Al aparecer la Jabalí yo tenté el billete de quinientas que llevaba en el bolsillo. Pero el señoritingo dijo de entrada: «setecientas», el otro dijo: «mil», y entonces el señorito dijo: «mil quinientas» y se la quedó. ¡Toma del frasco! No me dejaron ni chistar. Cuando se largaron me despaché a mi gusto con Aquilino. No tengo pepita en la lengua y por primera providencia le dije que me había empatado, ya que me prometió que la Jabalí sería mía por cuatro cuartos. Él me preguntó por el dinero que llevaba y le dije lealmente que quinientas. El cipote se echó a reír y me salió con que qué quería hacer con esa miseria. ¡No te giba! Ya le dije que no lo echase a barato, porque me había hecho la santísima. Él se atocinó y se puso a voces, que lo que no podía hacer era colocar un guardia a la puerta, y que yo había visto lo mismo que él, que el individuo ese vino por ella por derecho. Le dije lealmente que en ese plan no podíamos entendernos. El tío cambió de tono y me salió con que si no me iba esquinado con él y que cómo estaba la madre. Labia no le falta al marrajo, pero lo cierto es que me ha hecho la tana. Mejor le pintaría si no se le fuera toda la fuerza por la boca. En vista del éxito me haré un traje con los cuartos de la Jabalí.

30 diciembre, martes

La boda de Tochano ha resultado lucida. Él iba bien puesto con su terno azul a rayas, y la Paula con su gorrete y su vestido negro. Les casó don Florián y les echó un discurso. El hombre tiró un puntazo al Pepe con eso de las ovejas descarriadas, pero como si no. Allí estaban Tomasito, Zacarías con su señora, Melecio, su primo Esteban —el que me arregló lo del contador—, el Pepe, Asterio, don David, Juan y un montón de gente más. A la salida nos fuimos donde Tochano, y la Paula nos puso a discreción dos garrafas de blanco. Las dimos en forma, y cuando estábamos mamados nos largamos a la calle. Íbamos todos en grupo detrás de Tochano y la Paula, cantando y alborotando. Luego nos cogimos del brazo y jugamos a tapar la calle. Nos reímos las muelas con un vejete que le dio dos bastonazos a Juan para que abriese paso. Cerca de Colón vi venir a don Basilio y me quise poner formal, pero Asterio y Esteban me arrastraron y me vio haciendo el ganso. La mujer de Zacarías cogió la perra de que por qué no nos íbamos al parque a burrear a nuestro antojo y allí nos fuimos. Nos agarramos de la mano y anduvimos jugando al corro alrededor de la fuente. En una de las vueltas, la Amparo cogió una liebre y enseñó hasta el ombligo. Melecio la regañó. El Pepe se recochineaba y decía que un día es un día. Después me hicieron subir a la fuente y cantar «Torito, torito bravo». Vino el guarda y tuvimos lío. Entonces eché el ojo a una prima de Tochano que había venido de Villanueva. Comimos en la Cerve, y después organizamos baile. Pasé la tarde con la prima de Tochano. A las siete se despidieron los novios y les acompañamos hasta la puerta chillando y alborotando. A las nueve dijo Tomasito que por qué no continuábamos el bureo, y nos fuimos a cenar a lo de Polo. Hemos hecho el zángano de lo lindo. Me acosté a las dos más molido que otro poco. Sentí el exprés de Galicia.

31 diciembre, miércoles

Todavía con la resaca de la boda, estuvimos en la plaza comiendo las uvas. Fui con Melecio, la Amparo, la Modes y Serafín. Llevábamos gorros de papel, y Serafín compró bolas de mal olor. Había mucho personal y al dar las doce se armó un buen zurriburri. Serafín tiró las bolas. Otros habían soltado polvos de pica pica y no había cristiano que parase. Melecio se atocinó con Serafín por lo de las bolas y le cargaba el mochuelo de los polvos de pica pica. Quería largarse, pero al fin le convencí, diciéndole que traía mala sombra entrar en el año rabiando. A las doce y media, Serafín estaba ya mamado. Yo saqué a bailar a mi hermana y luego a la Amparo. La Amparo cogió la perra con que a ver si quitaba a Melecio de la cabeza la idea de poner a estudiar al Mele. Le pedí una razón y ella dijo que ni el chico está por la labor ni Melecio puede hacerlo sin molerse a trabajar. De repente vi a la Anita bailando con un lechuguino, y la sangre se me subió a la cabeza. La pingo de ella llevaba un gorrete de colorines. En cuanto acabó la pieza me fui donde ella, la agarré del brazo y le planté que se iba a acabar este juego. Ella se puso chulilla y me dijo que con qué autoridad le hablaba así, y que la estaba mancando. Luego se volvió y me presentó a las Mimis, pero no acertaba con el nombre del novio de la baja, y la Mimi se echó a reír y me dijo que era Faustino, su prometido. Les di la mano y saqué a Anita a bailar y le dije lealmente que no me gustaban las Mimis, y que parecen cualquier cosa. Anita dijo que no me había preguntado nada y que no gritase, que no era sorda. Me puse de mal café y le pregunté si es que hay que echar una instancia para hablar con ella. Me contestó tan fresca que le había sorprendido verme por allí, porque me hacía en el campo cazando perdices. De repente reparé en su cintura y le dije que por qué íbamos a regañar el primer día del año siendo tan bonito eso de sentirse hermana y hermano. Ella dijo que por qué hablaba ahora tan bajo, que si había enfermos. Me eché a reír y le dije que bailaba muy bien el mambo, y que Asterio, mi sastre, trabajaba siempre con la gramola a todo gas oyendo mambos, y que sin la gramola animándole no acierta a cortar. Anita me contó que Asterio hacía también la ropa a su padre, y que su padre no fue a comer las uvas porque ésta es una buena noche para el negocio. Yo le dije que tenía un hermano de churrero en Madrid. Luego le pregunté si le gustaba bailar y respondió que, después del cine, era lo que más y yo le dije entonces que algún domingo la llevaría a la Cerve. Luego ella me soltó que ya sabía que ayer estuve de boda y me harté de bailar. Le prometí que cruz y raya, y ella dijo que no le importaba que baile o que no baile. Le pregunté quién le había ido con el cuento y ella dijo que Asterio, precisamente. Estuvimos de bailoteo hasta las tres, y luego acompañé a Anita con las Mimis y el fogonero. Por caerle en gracia le dije que si libre hoy, y él se lió a hablarme de las distancias, las primas y los ahorros de carbón. Al despedirme me dejó la mano baldada. Luego me acordé de que no me había despedido de Melecio ni de mi hermana. Con la chavala junto a mí me olvido hasta de mi nombre.

2 enero, viernes

Di un garbeo con Anita. Ni en el monte estoy tan a gusto como al lado de esta chavala. Anduvo hablando de las Mimis todo el tiempo. Todo se le vuelve decir: «La Mimi dice...», «La Nines me asegura...». La primera vez le pregunté quién era la Nines y ella dijo que la Mimi pequeña, la alta.

Luego me dijo que para la Mimi el mambo no es compás sino ritmo. Le dije que bueno y ella dijo que la Nines, en cambio, piensa que el mambo no es ritmo sino compás y que qué pensaba yo sobre el asunto. No hablamos de otra cosa, pero lo he pasado en grande. Si me dijeran que eligiese entre Anita o la escopeta me buscaban una empatadera. Estas noches tardo en agarrar el sueño más de la cuenta. Rara es la noche que no siento el exprés de Galicia. Anteanoche cuando pasó el sudexprés aún no dormía.

6 enero, martes

La madre se quedó como tolondra al ver la piel del zorro. Yo callé la boca cuando me dijo que le venía al pelo como pie de cama. Desde luego ha quedado muy tiesa y no vale para el cuello. Siete duritos tirados a la calle. Ella me regaló una canana, pero resulta que es del 12 y no del 16. Se llevó un sofoco, pero ya le dije que poniendo el culatín para abajo me hace mejor servicio, porque así veo el calibre del perdigón. Volví la canana para probar y no se cayó ninguno. A la Anita le regalé una polvera. Si será panoli que no quería cogerla...

8 enero, jueves

Anita me dijo esta tarde que le gusta que vaya bien arreglado y que ella no mira en un hombre la cara ni el tipo, sino que se presente bien y sea limpio y curioso. La verdad es que a mí siempre me dio por la ropa. No es por nada, pero sé cuidarla. La madre dice que ya de chico, al regresar de la escuela, lo primero de todo era colocarme el blusón y las alpargatas. Estas cosas, no es porque yo lo diga, no se aprenden en los libros. Se maman o no se maman. Otros defectos tendré, pero descuidado para vestir no soy.

10 enero, sábado

Entre ayer y hoy me he hecho siete viajes a la tienda de don Rafael. Al séptimo me fui donde el señor Moro y le dije lealmente que, mientras no se cubra la vacante, él debe arrimar el hombro. El candongo de él todavía me gastaba guasitas y ya le dije que no lo echase a barato, que uno solo no puede atender arriba y abajo, ir cada media hora a la tienda del Secretario y, por si fuera poco, encender la calefacción. El señor Moro respondió que se ha resuelto el concurso y que viene uno de Santander y que en cuanto a lo de la calefacción, eso es otro cantar. Le dije lealmente que nadie gana pesetas más sudadas. Me salió con que en mi mano estaba el dejarlo. Estuve por darle con el cargo en la cara y lo hubiera hecho si no fuese por la madre. Es mucha esclavitud tirarse de la cama a las cinco de la mañana, y mucho peso y mucha mierda, hablando mal y pronto.

Vino un rato Melecio y estuvimos recargando. Parece que lo de la orquesta es un hecho.

11 enero, domingo

Hemos hecho nueve perdices y un conejo en lo de Ubierna. Tuve un día fenómeno. Hacer nueve perdices entre dos escopetas a estas alturas es una hazaña. Melecio, cada vez que bajaba una, me decía: «Aprovecha, Lorenzo, hoy estás con la chorrina». Hice siete y él dos y el conejo. Hasta la Doly va entrando. Si machuca los pájaros no es por saña, sino por celo. A la hora de comer le di una lección. A la tarde, me cobraba una alicorta. O mucho me equivoco o tenemos perro; pero perro de verdad. Llegué a tiempo de ir con Anita a la Cerve a echar un baile. Allí estaba la Mimi con Faustino, y Anita se emperró en hacer cuarteto. Menos mal que la Mimi me dijo que bailo el tango como los ángeles. En la pista le dije lealmente a Anita que me giban las Mimis porque le doblan los años y nada bueno puede sacar ella de esta amistad. Se cabreó y me dijo que no me meta donde no me importa. Ya embalado, aproveché para soltarle que la Mimi había atrapado al panoli del fogonero sin estar ni pizca enamorada de él. Anita se subió por las nubes y me dijo que la Mimi podía haber elegido a dedo porque es una de esas mujeres que trastornan a los hombres. Callé la boca por no ponerlo peor. Camino de casa me dijo Faustino que cuando tenga la caldera a todo gas le eche polvo de carbón empapado y abra tiro por medio. Mañana ensayaré.

13 enero, martes

De casualidad oí decir esta mañana al de Historia Natural que le han nombrado jurado para los premios de San Antón. Cuando se largó don Basilio le pregunté a don Ángel qué premios eran ésos y me dijo que para los animales más limpios y mejor adornados. Le pregunté qué le parecía que presentara una perrita de caza y respondió que bien y que precisamente él está en la sección de «Canes». A Melecio y la Amparo les petó la idea. Cené con ellos y al acabar la Amparo se puso en seguida a hacerle un chaleco rojo a la perra. En el rabo se le puede colocar un lazo y al cuello un collar de cascabeles. La mala potra es que la Paula haya tenido la misma idea con el Sol. No me atreví a decirle a Tochano que yo presentaré a la Doly. La que sea sonará.

Ensayé ayer lo de Faustino, pero se pone uno perdido. ¡Al diablo con el sistema! Al fin y al cabo a mí no me dan primas por ahorro de carbón.

17 enero, sábado

La plaza de San Roque estaba atestada esta mañana. A la puerta de la iglesia, don Ildefonso bendijo a los animales. Parecía aquello el Arca de Noé. Los bichos iban endomingados y andaban tan formales como si se dieran cuenta de que era la fiesta de su patrón. Tochano, al verme, me preguntó qué pintaba yo allí. El Sol iba muy majillo con un pierrot y una guirnalda de flores. Le mostré a la Doly y la Paula se guaseaba. Yo le dije entonces al Mele que teníamos que ganar. A mano derecha estaba el tablado con una bandera. Había mucho gentío incordiando porque no empezaba el concurso. El vejete de la Sociedad Protectora se subió al tablado y dijo que no quería que al concluir la fiesta nos fuésemos todos con las cabezas huecas como habíamos llegado, sino con un poco más de amor a los animalitos y las plantas, que también son criaturas de Dios. Había lo menos diez personas pisando el macizo y eran las que más aplaudieron al delegado. Luego don Ángel dijo: «Aves», y empezaron a desfilar patos, gallinas, jaulas con canarios, calandrias y jilgueros, todos emperifollados con lazos y cintas de colores. Cogí al Mele en los hombros para que lo viese y entonces se nos escabulló la perra. Bajé al Mele y empezamos a llamarla a voces. Pasé las penas del infierno. Al fin apareció, pero traía el lazo perdido. Tochano y la Paula se cachondeaban. A poco don Ángel dijo: «Canes», y yo agarré a la Doly y me fui con el Mele junto al tablado. Me brincaba el corazón como el día que amputaron la mano al padre. Don Ángel charló un rato con los del jurado y luego se fue donde el altavoz y dijo que la perrita Doly había sido premiada con veinte duros y que el perro Sol tenía un accésit. El Mele me ahogaba. A Tochano le llevaban los demonios y anduvo allí un rato pidiendo explicaciones a don Ángel. ¡Toma del frasco!

Esta tarde llegó Crescencio de Santander. Tiene mucha familia y parece buen prójimo. Mal se las va a componer el hombre. Me anduvo contando que ha pedido el traslado por la señora, que está enferma. La madre les hizo la cena porque andaban apurados y la señora llegó para meterse en cama y no levantarse en dos meses. Los chaveas pasaron la tarde alborotando en la terraza.

18 enero, domingo

Fuimos Melecio y yo en la furgoneta del pescado hasta lo de la Sinoba. La carretera está llena de agujeros y el trasto botaba con ganas. En Villavilla andaban ya podando los bacillares. Melecio armó la escopeta por si las moscas, pero no vimos nada. Han talado el monte y hay que llevar las perdices ladera arriba si se las quiere tirar. De todos modos las pocas que hay se levantan muy recias. Frente al caserío la ladera se arruga y tiene unos tomillos donde pensé que aguantarían, pero nada. El bando que levantamos de salida, como si se le hubiera tragado la tierra. Al volver por la parte alta tropecé con dos lanchas. Una de ellas tenía aprisionada una perdiz llena de gusanos. Me puse de mal café. Me giban los furtivos que ni cogen la caza ni la dejan coger. En la curva topamos con un pastor que nos dijo que acababa de levantar la liebre. Maneamos un rato los sembrados y luego nos sentamos a comer a la abrigada. Llevábamos más de diez minutos de cháchara cuando se arrancó una liebre como un burro de junto a unas jaras que teníamos al pie. Agarramos la escopeta y la tía zorra corría por el borde del arroyo, queriéndose cubrir con las pajas. Al tiro de Melecio dio un quiebro y entonces tiré yo y ella cruzaba el sembrado y tiró de nuevo Melecio y volví a tirar yo y Melecio dijo que iba muerta. La tía brincaba por el sembrado y, de repente, dio un salto mayor y quedó entre dos surcos sin mover un pelo.

De regreso, cruzamos el páramo para caer de la parte de Quintanilla. En el camino bajé una perdiz que no sé a santo de qué se había dormido. Salió a huevo de entre las piedras. En la estación encontramos una partida que llevaba dos avutardas. A Anita le dije ayer que no podríamos vernos porque tenía servicio.

21 enero, miércoles

Otro pleito. ¡Qué le vamos a hacer! Cuando me llamó don Basilio esta mañana ya noté que ponía jeta. Por lo visto han dibujado en el tablón de anuncios una mujer en cueros. Sin mayor motivo se puso a darme voces como si yo fuera un mermado. Sacaba el habla de pendoncete. Me salió con que mi deber no consiste en decir «la hora» cada sesenta minutos, sino que corre a mi cargo una labor de policía. ¡Valiente novedad! Me llegué donde el tablón y allí estaba el tío Moro dándole al estropajo. Me armó una pelotera, pero le corté diciéndole que no era Dios para estar en todas partes al mismo tiempo. Se puso chulillo y me dijo que dejara la calefacción si no podía con todo. Me cabreé, me cisqué en su madre y le dije que ahí la tenía, que cuarenta duros me los gano yo con la gorra. A las dos me llamaron a la Dirección. Allí estaba la de Alemán, que había descubierto el dibujo y andaba como histérica. El cura de Religión le decía a don Basilio que estas cosas hay que cortarlas de raíz, con un escarmiento ejemplar. Me preguntó si sospechaba de alguien y yo respondí lealmente que cualquiera podía haber sido. Don Basilio se puso burro y voceó que cualquiera no, puesto que el autor a más de falta de vergüenza mostraba habilidad con el lapicero. Me preguntó luego si se había largado don Nicanor y como le dijera que sí, le dijo a don Esteban que mañana reuniría el Claustro.

El asunto me ha puesto de mala uva. A Zacarías le han dado un permiso para cazar con bichos en un monte de la parte de Palencia. La madre calló la boca cuando le dije que había dejado lo de la calefacción. Me cabrea que calle la boca y no suelte lo que está pensando.

22 enero, jueves

El de Francés es un pulguillas. De entrada, esta mañana, se puso a zamarrearme. ¡No te giba! No traga que la de Alemán haya visto una mujer en pelotas, como si ella no se mirase al espejo cuando se baña. A este tipo le tengo aquí. Pasé la mañana con Crescencio y José revolviendo expedientes. Ahora quieren saber los alumnos que tuvieron nota en dibujo en los últimos seis años. A las dos me llamó don Basilio a la Dirección y le dije lealmente que había cinco matrículas, quince sobresalientes y cincuenta notables. Se cabreó y dijo que eso era lo mismo que no saber nada. ¡A mí que me registren! A las cuatro se reunió el Claustro. Al cabo de un rato me mandaron llamar. El de Francés tomó la palabra y me embistió por las derechas, sin el menor sentido. Le dije que yo no era Dios para estar en todas partes al mismo tiempo. El soplafuelles de don Basilio voceó entonces que cuando la cosa ocurrió, Crescencio ya se había incorporado. No tuve más remedio que decirle cuántas son cinco. Pepita en la lengua no tengo. El cura me preguntó si había visto a alguien detenido ante el tablón de anuncios. Lo negué y dije que a mi ver el que fuera aprovechó un momento en que yo andaría ocupado. El de Francés metió el cuezo y voceó que el dibujo ese con sombreados y difumino no se hacía en un momento. Don Basilio sacó el habla de pendoncete y dijo que estábamos a oscuras, ya que había setenta muchachos de Notable para arriba en los seis últimos cursos. El cura dijo entonces que lo más oportuno era entrevistarse con una comisión de alumnos y persuadirles de que por el prestigio del Centro, por ellos mismos y, sobre todo, por sus compañeras, debían dar el nombre del autor. Todos dijeron que sí, pero el de Francés hizo constar que sería la primera vez en su vida que viera un caso de delación entre estudiantes.

Dice Tochano que no tenemos otro tren para ir a lo de Palencia que el de las cuatro de la madrugada. Por si no nos viésemos hemos quedado a las menos cuarto en la estación y el primero que llegue saque los billetes. El Pepe quedó en avisar al bichero. Sigo durmiendo mal. Anoche sentí el exprés de Galicia.

24 enero, sábado

Los ánimos se van calmando. El plan de don Esteban fracasó. Los chicos le plantaron que no sabían nada de nada. Uno dijo, y con razón, que cualquier persona de fuera pudo hacerlo, ya que para entrar en el Centro no se necesita invitación. Esta mañana le hablé al Pavo del asunto y me dijo que buena tía. Le pregunté si sabía quién la pintó y él puso cara de panoli y encogió los hombros. El de Francés no se separa de la de Alemán. A don Rodrigo todo esto le parece una tempestad en un vaso de agua. Me preguntó este mediodía por la venta de los apuntes y le dije lealmente que flojeaba. Él trató de animarse y me preguntó cómo nos las arreglamos los pobres en estos tiempos.

Tocó esta tarde, por primera vez, la Orquesta Municipal. Ya iba siendo hora. Estuve a oírla con la Amparo. Había buena gente y se aplaudió de verdad. Al final dieron cuatro propinas. A Melecio le dije a la salida que había sido un concierto por todo lo alto y él me dijo que anisete. El hombre nunca queda conforme. Mañana saldremos con los bichos. Tochano lleva la escopeta mocha. Quién pudiera hacer lo mismo.

25 enero, domingo

Esto de cazar a toro suelto me giba, la verdad. Prefiero ganarme la caza pateando el campo. Por pitos o por flautas con esto de los bichos siempre ocurre algo. El Tomillo llevó dos bichas de buena apariencia, pero hizo la pendejada de darles un plato de leche antes de salir. No sería porque Tochano no le advirtiese que corríamos el riesgo de que se durmieran dentro de la boca. Pero nada. El Tomillo dijo que eso serían otras, porque las suyas están enseñadas a comer antes de trabajar. El cazadero tenía así una traza regular. Así y todo, cuando rodeamos el primer bardo y Melecio dijo que no tirásemos para dentro del corro, me pegaba el corazón. Cuando sentí los cascabeles de la bicha no podía con los nervios. Una se metió dentro y el Tomillo se tiró en el suelo, arrimó la oreja y dijo que había tomate dentro y que anduviéramos al quite. Salió un conejo como un rayo y Zacarías lo quedó de un tiro. Tochano cayó otro al poco rato. Luego la bicha empezó a asomar a cada paso y el Tomillo la tiraba puños de tierra al hocico para que volviera a entrar. No había para más y nos fuimos a otro bardo. Dijo el Tomillo que la bicha nueva no quería entrar por uvas a pesar de que era de raza. Aguardamos como media hora y nada. Al fin el Tomillo dijo que la bicha vieja estaba trasconejada. Cogió la azadilla y a escape abrió una calicata y sacó la bicha agarrada al conejo. La muy zorra le tenía prendida la yugular. Volvió a meterla y cuando salió dijo que el animal estaba triste porque le había mordido un sapo. ¡Coplas! No quería meterla más y entonces el Pepe le dijo, con razón, que si era así también a su cartera la había mordido un sapo. El Tomillo dudaba, pero al fin la metió otra vez. Al cuarto de hora pegó el oído al suelo y dijo que se había dormido dentro. Armó una fogata en la boca, cara al aire, para que el humo la espabilase. Yo me cabreé y dije que ganábamos más dando una mano a los pinares que aguardando a que la bicha despertase. Dijo Tochano, y con razón, que qué coños hacía él en los pinares con una escopeta mocha. Pero nos fuimos, al fin. Dimos una mano sin fe y Zacarías descolgó una torcaz. La bicha no asomó hasta las cuatro. Luego, para desengrasar, el mixto traía dos horas y no llegamos a casa hasta las tantas. La madre me dijo que me preparase a recibir una sorpresa. Le dije que si buena o mala y ella me mostró una carta de Tino y una fotografía. Tino dice en su carta que ya tiene un hijo. En el hospicio los encuentra cualquiera. ¡No te giba! El chavea tiene unos ojos muy listos. Lo que al Tino no se le ocurra no se le ocurre a nadie. También son ganas de complicarse la vida.

27 enero, martes

Decía mi padre, y con razón, que para cazar perdices en Castilla no hacen falta más que piernas y que el conejo, en cambio, no es caza ni tiro, sino tenazón. La liebre, para él, era un saco de patatas y para matar codornices —me decía— sobran las piernas y la puntería; basta con reportarse. Estas enseñanzas me han sido muy prácticas en la vida y las he respetado como a la Iglesia. Me gibó por eso hoy Tochano en el café. Empezó por decir que la caza es puntería y que todo lo demás son coplas y ganas de enredar las cosas. Al principio le tomé a cachondeo y le dije que había que distinguir, pero él se puso burro, que es su sistema, y volvió a insistir que con puntería se tiene todo. Le hice ver que en Castilla la caza de perdiz es cuestión de piernas, en tanto que el conejo no es más que una costumbre. El mandria del Pepe se puso de su parte y dijo que cazador y tirador es una sola pieza en Castilla y en Extremadura. Le dije que colocase un tirador tísico en la ladera de Aniago a ver qué cosas hacía. Él se subió a la parra y dijo que pusiera en Aniago a un tragaleguas, que no hubiera agarrado un arma en su vida, a ver. Le dije que no se trataba de eso y el cipote empezó a voces. La de siempre, vamos. Me largué quemado. Con el Pepe es bobería discutir. Por un qué se mataría con su padre.

Anita vino esta noche con las chorradas de siempre. Lo que faltaba para el duro. Dice que las Mimis dicen que la mujer al casarse debe tener anchas las caderas. Ella las tiene estrechas y la he encontrado como achucharrada. Las tipas estas me comen vivo. No lo puedo remediar.

29 enero, jueves

Este mediodía me disculpé con el Pavo por no haberle subido a comer la liebre. Le dije que no había encontrado ocasión y que a ver los dos domingos que quedan. Yo iba con segundas, a ver si cantaba la gallina, pero el mandria ni chistó.

La madre me dijo a la noche que no tiene una perra para hacer la plaza mañana. No me queda otro remedio que buscar algo para por las tardes.

1 febrero, domingo

Subimos Melecio y yo a lo del Marqués en las burras. El viento pegaba de cara y le dije a Melecio que era mejor así porque a la vuelta, con el aire de culo, ni tendríamos que dar pedales. De regreso nos daba de cara otra vez. Nos ha hecho la santísima. Todo para nada. Anda muy pelado lo del Marqués; se conoce que no lo cuida. Nos tiramos la mañana sin disparar la escopeta y a la hora de almorzar dijo Melecio que no daba un paso más. El cielo estaba limpio, pero el viento soplaba en forma entre los chopos. Nos sentamos en la hondonada del río y me puse de confidencias. Le dije a Melecio que estoy cabreado porque lo mío con la chica no va para atrás ni para delante. Le confesé lealmente que la chavalina esa me tiene tonto. Él se hacía de cruces y me preguntó si la había dicho algo. Le dije que tres veces, pero que ella se hace la sorda. Acabé por preguntarle cómo se las arregló él con la Amparo. Contestó que no recordaba a ciencia cierta, pero que hizo muchas pendejadas de esas que luego se avergüenza uno. A poco dijo que sí que recordaba que cada vez que veían una película de la Joan Bennet le decía: «Vales tú cincuenta veces lo que esa mujer», y que, naturalmente, era un decir, pero que a la Amparo le gustaba eso más que el comer con los dedos. No me convence mucho, pero cuando la cosa venga a cuento ensayaré. Regresamos con luz y aún llegué a tiempo de echar unos bailes con Anita en la Cerve.

4 febrero, miércoles

Don Basilio me preguntó esta mañana por la calefacción. Contesté lealmente que suponía que ya sabría que he puesto el servicio en manos del señor Moro. El tío ladraba a la luna y dijo que acababa de sorprender a una de sus hijas subiéndose a casa una sera de carbón. Callé la boca por ver por dónde salía y él entonces me preguntó si era cierto que vivía en la higuera o era un tonto de conveniencia. ¡No te giba! Le solté una fresca y él se puso chulillo y dijo que me entregó la calefacción para que el día que dejara de interesarme se la devolviera a él y no al señor Moro. Para que callase la boca le di la razón y él entonces cambió de tono y me dijo que esperaba que no se volviera a repetir. Por lo visto ha encargado ahora el servicio al sereno de los Dominicos. Veremos lo que dura.

Al subir a comer me encontré a la mujer de Crescencio enzarzada con la Carmina por unas pinzas de la ropa. No me gusta meter el cuezo, pero iba quemado y dije lealmente que no me chocaba que la Carmina se pringase en unas pinzas cuando era capaz de pulir el carbón al Centro. Terció el señor Moro con la broma de la jerarquía y callé la boca para no verme liado en un expediente. El cagueta de Crescencio aún le dijo que dispensase. ¡Hasta ahí podíamos llegar!

La peña parecía esta tarde un funeral. El domingo se cierra la temporada. Hasta agosto a descansar y a vivir del cuento. Dijo Zacarías que aún nos quedan los patos y el reclamo. El Pepe dijo, con razón, que los patos serán un consuelo para los de la Albufera. Zacarías se atocinó y dijo que de la parte de San Miguel del Pino hay unos bandos tremendos de azulones que bajan de día al río y de noche a las salinas y que no hacía falta irse a la Albufera para colgar media docena y que él, sin ir más lejos, había hecho ocho en una jornada y eran tan hermosos que tuvo que ir por una carretilla al pueblo porque no podía con ellos. Al cipote de él se le entornaba el ojo de la nube. Tochano se cabreó y le dijo, con razón, que no sé qué coños hacía entonces que no cerraba la frutería y se dedicaba a cazar patos en las salinas. Finalmente jugamos la partida, pero nadie puso fe. Al marchar, el Pepe dijo que el domingo piensa divertirse por toda la temporada. Le pregunté que dónde y me dijo que tiene una autorización para lo de Muro siempre que respeten las liebres. Les preguntó Melecio si de verdad no iban a tirarlas y los dos se pusieron a reír. ¡Mal día el domingo para las liebres de Muro!

7 febrero, sábado

Hubo carta de Tino. ¡Hay que gibarse! Está más chocho que un abuelo primerizo. Dice que el chavea es espabilado y corta un pelo en el aire. La Veva dice que si no le ceden los dolores terminarán por operarla. Llevé a Anita a ver *El milagro del cuadro*. Cuando vino al caso, me arrimé a ella y le dije que valía cincuenta veces lo que la Pier Angeli. Ella me salió con que cómo decía esas cosas, que la Pier Angeli era una pintura. Le dije lealmente que donde estuviera ella se escondiera la otra. Me partió el descanso. Cuando apagaron otra vez ya no hubo manera. A la salida me dijo Anita que las Mimis dicen que es una primada echarse novio antes de los veinticinco y casarse antes de los treinta. Yo no acertaba a decirle que mañana es el último día de bureo y no iría a buscarla y, al fin, me decidí. Me dijo entonces que si yo no salía el domingo, ella tampoco saldría el lunes. Le advertí que lo pensase, puesto que si no salía el lunes por un capricho, yo era lo bastante majo para no salir el martes. Se largó escalera arriba sin responderme. La chavala esta, no sé si a lo bobo o a mala fe, me está calentando la sangre y cualquier día me va a gibar de más y voy a hacer un disparate.

8 febrero, domingo

Lo de Jado está muy trotado. Metimos en el soto cuatro perdices tiñosas, bajamos dos y las otras cruzaron el río. A la tarde vimos un buitre en la punta de un chopo. Nos arrimamos y entonces nos dio en la nariz la carroña. Junto al río había una mula con las tripas fuera. Melecio dijo que aguantara, que a la vera de la carroña habíamos de levantar la rabona. Yo creí que era broma eso de que las liebres comen carroña, pero maneamos el jaral y en diez minutos de reloj quedamos dos hermosas. Ya en el tren le pregunté a Melecio si comería él la liebre esa. Él se echó a reír y dijo que puestos a hilar delgado es el hombre el único animal que se alimenta de cadáveres. También eso es cierto. Al cabo, le confesé a Melecio que había regañado con la Anita. Él lo echó a barato y dijo que peor era tenerse que despedir de las perdices hasta septiembre. Según cómo se mire, aunque ciertamente la veda para un cazador fetén es una penitencia.

BALANCE DE LA TEMPORADA

Día		Lugar	Tiros disparados	Piezas	
28	Septiembre	Illera	10	2	perdices - 1 zorro
6	Octubre	Buitrejo	1	3	perdices
10	»	Quintanilla	3	1	perdiz
9	Noviembre	Jado	9	3	perdices (una se fue de ala)
23	»	Muro	1	1	perdiz (se fue de ala)
7	Diciembre	Pavo	21	3	conejos - 2 perdices (un conejo se embocó con las patas rotas)
8	»	Miranda	2	1	chocha (sin tirarla)
21	»	Diputación	5	2	perdices
23	»	Villalba	11	2	liebres - 2 perdices
28	»	Muro	6	1	liebre
11	Enero	Ubierna	18	7	perdices
18	»	La Sinoba	7	1	liebre (a medias) - 1 perdiz
25	»	Baños	2		Me vine bolo
1	Febrero	Marqués	1		Me vine bolo
8	»	Jado	6	2	perdices - 1 liebre
		Total	103	26	perdices, 5 liebres 3 conejos, 1 chocha y 1 zorro.

10 febrero, martes

No me había metido en la cama cuando sentí el timbre de la puerta. «Algo pasa, Lorenzo. ¡Asómate!», me voceó la madre desde la alcoba. Esto era anteanoche. Me eché el abrigo y me asomé por la azotea. Melecio aguardaba bajo un farol y me dijo que apurase, que había sucedido algo. En lo que tardé en bajar no me hubiera cabido un piñón en el culo. Ya en la calle me comunicó que el Pepe se había pegado un tiro y estaba diñándola. Echamos a correr calle arriba como dos locos. Al llegar donde el Pepe, Zacarías nos explicó que al querer matar una liebre encamada a culatazos se le disparó la escopeta y le alcanzó el hombro. Le pregunté si en lo de Muro y dijo que sí. Pasamos a la alcoba y allí estaba la Patro dándole al Pepe buches de agua. Es divertido esto del Pepe. El padre y él andaban ajuntados con dos socias en la misma casa. También el padre estaba allí. Le pregunté al Pepe cómo había sido, pero no acertaba a hablar. Llegó el médico y al largarse dijo que había que ponerse en lo peor. Yo le dije a Zacarías que me iba a buscar al cura. Me voceó que era inútil, pero ya iba yo corriendo escalera abajo y me decía: «No podemos dejarle morir como un perro. No podemos hacer eso». Don Florián bajó asustado y a pesar de que el reuma le hacía cojear, cruzaba las calles como un relámpago. El Pepe preguntó al verle si venía como cura o como cazador y don Florián le contestó que dejara eso, que venía a echar un párrafo y por si le necesitase. El hombre jadeaba como un perro en agosto. Daba fatiga el verle. El Pepe le advirtió que de eso que se pensaba, ni hablar, pero don Florián no le hizo caso y se sentó junto al catre. Zacarías, Melecio, el padre del Pepe y yo mirábamos todo desde la puerta como si nos hubieran clavado allí. Al rato, don Florián empezó a decirle al Pepe que él no era malo y que muchas de las cosas que había hecho y que sirvieron para que algunos le juzgasen mal, no pasaban la mayor parte de las veces de ser travesuras. Don Florián hablaba a chorros para que el Pepe no se debilitase. Luego le recordó cuando metió de matute un cerdo en un ataúd en la época del estraperlo. El mismo don Florián la gozaba. El Pepe, desde la puerta, no parecía el Pepe. El hombre, en sólo veinticuatro horas, se había quedado en la espina de santa Lucía. Me acordé de que, la víspera, el Pepe nos dijo que pensaba divertirse por toda la temporada. Lo que es la vida. Don Florián le hablaba ahora de Dios y le decía que para Dios muchas de las cosas que los hombres juzgan malas no constituyen motivos de censura. El Pepe dijo que lo dejara, pero el cura se lió entonces a hablarle de los cazadores y le preguntó si no había sentido nunca, al llegar a lo alto de una loma, una sensación de alivio. El Pepe dijo que a ver, que en las pantorrillas, pero don Florián le dijo que no era eso, sino la proximidad de Dios, y que imaginara lo que podría sentirse subiendo por encima de las nubes. El Pepe se cansó y le volvió la espalda. Pero don Florián, con toda su santa paciencia, siguió erre que erre y le dijo que él no tenía la culpa de que nadie le hubiera hablado nunca del cielo de los cazadores, que estaba lleno de cotos más grandes y mejores que el de Muro, porque no hay pinos ni chaparros que estorben el tiro. El Pepe rebullía y entonces el cura arrimó la silla a la cama y dijo: «La cosa más o menos ocurre así. Tú, cada mañana, al despertar, acudes junto al Señor y vas y le dices: "Señor, si no os molesta, hoy quisiera cazar a toro suelto, o bien con galgos, o bien en mano, o bien de ojeo". Porque allí arriba, las laderas no pesan en los riñones como aquí abajo, ¿entiendes, hijo? O mejor todavía, tú le dirás al Señor: "Señor, si no os enoja, yo quisiera que me ojearan esta mañana unas perdices". Y el Señor le dirá a san Miguel: "Miguel, ¿dónde anda el coro de ángeles número cuatro?". San Miguel dirá: "Señor, preparándole las carambolas al campeón de billar que subió anoche". "¿Todavía?", preguntará el Señor. Y dirá san Miguel: "No se cansan sus brazos de hacer carambolas, Señor". Y dirá el Señor: "Di al número cinco, entonces, que ojeen unas perdices al Pepe. Que lo hagan con cuidado, ¿entiendes? Que no dejen mata por registrar. Tengo interés en que este muchacho se divierta". Y san Miguel marchará a avisar, y el Señor aún le gritará: "Digo que le metan también unos faisanes. ¿Te gusta tirar los faisanes, hijo?". Y tú, Pepe, vas y le dices: "¿Faisanes? Nunca tuve esa oportunidad, Señor". El Señor insistirá: "Sí, sí, que le metan también unos faisanes. Así te irás adiestrando, hijo". Y luego se fijará en tu escopeta y te dirá: "¿Cómo puedes tirar con ese viejo trasto lleno de herrumbre?". Y tú responderás: "Señor, hoy una escopeta vale un riñón". Él de seguro se echará a reír y te entregará entonces una Sarasqueta último modelo, de esas que pueden hacer ocho disparos sin más que mover a cada tiro una palanquita». El cura sudaba por cada pelo una gota. Sin parar mientes en que el Pepe se revolvía y sonreía con la mirada en el techo, continuó: «Y tú te ocultas tras una jara. La jara no impedirá que tú veas a las perdices, pero sí que las perdices te vean a ti. ¡Ésa es otra ventaja! Y a tus pies habrá un pointer dócil, que ni cazará recio, ni machucará los pájaros y que te irá poniendo las piezas muertas en un montón. Y, por descontado, allí nadie te va a ir con monsergas de que si la licencia, el permiso de armas, la guía o la historia. ¿Comprendes lo que es eso, hijo?». El Pepe empalidecía por momentos. Dijo, de pronto, sin dejar de sonreír, que nada de todo eso era posible porque resultaba demasiado hermoso. El cura dijo escapado que para el Señor nada había imposible. El Pepe estaba ansioso y preguntó si de verdad era cierto. El cura le dijo que él no le engañaría en este trance, y entonces el Pepe se volvió a él y le colgaban dos lagrimones. Salimos fuera y esperamos como media hora. Al cabo, el cura apareció en la puerta. Le dije a la Patro que entrase y ella dijo que no porque la asustaban los pies de los muertos. Salí a acompañar a don Florián y a encargar la caja. Por el fondo de la calle amanecía ya el día. Don Florián no me parecía el mismo hombre que veinte años antes llevaba la mano con el padre con la sotana arremangada a la cintura. Le dije lealmente que había estado inspirado y él miró para arriba y me dijo: «Creí que se me iba. Sinceramente, hijo, creí que se me iba». Ya en la puerta me preguntó si recordaba el empacho de buñuelos que agarré el Día de Todos los Santos, siendo todavía un chaval, en lo de Cuesta. Le dije lealmente que como si fuera hoy. Luego pasé por la funeraria. Tochano no ha aportado por casa del Pepe vivo ni muerto. Aún me parece mentira que así suba a lo de Jado, a lo de Aniago, a lo de Muro, o donde sea, no he de encontrar más al Pepe.

11 febrero, miércoles

Pasé el día junto al difunto. Una de las veces, de tanto mirarle, me pareció que me guiñaba un ojo. Pero ya, ya. Tenía los dos bien cerrados y lo único que se le abría era la boca. Su padre le anudó un pañuelo. Desde la medianoche la herida ya atufaba. Zacarías y Melecio se quedaron de vela conmigo. Por la tarde pasó un momento el presidente de la Sociedad de Cazadores y dijo que ya era patoso el que ocurriera una cosa así el último día de la temporada. El hombre parecía afectado. Zacarías no hacía más que repetir que si el jurado de Villalba hubiera retenido la escopeta como era su obligación, otro gallo le cantara al Pepe. Al caer la tarde, la Patro se largó sin entrar a ver el cadáver. Por lo visto vuelve al pueblo con los suyos. A la mañana llegó una corona de la Sociedad, toda de claveles blancos. A las once salió el entierro y el padre del Pepe, quieras que no, nos colocó a los tres con don Florián y él en la presidencia. Nos llegamos hasta el camposanto en taxi. Ya me alegra que haya allí una nube de conejos. Bien pensado, es una bobería, ya que el Pepe puede andar a estas horas tirando faisanes a mansalva. O de mano con el padre. ¡Vaya usted a saber! Así y todo me encuentro como aliquebrado esta noche.

14 febrero, sábado

Llevo tres días mano sobre mano. Por no tener no tengo ganas ni de comer. Y la madre dale duro con que si me pasa algo. Me duele la lengua de decirle que no. La fetén es que llevo el ansia dentro y eso no se arregla con un plato de alubias. Pero la cosa no es para andar pregonándolo a todo el que se ponga por delante, ¡qué caray!

15 febrero, domingo

Primer domingo de veda. Día negro. Oí misa de una en los Capuchinos. A la tarde estuve donde Melecio. Anduvimos enfajando cartuchos con papel de goma. Para la codorniz valen. Me encuentro como sin sangre y la Amparo dice que a Melecio le sucede igual. A la caída del sol echamos de comer a los conejos. Al marchar le pregunté a Melecio qué le pareció la espantada de Tochano. Dice que cada uno es cada uno y no puede cambiarse. Ya. En esta vida lo que hay que hacer es apartar el grano de la paja. Aunque Melecio diga misa.

18 febrero, miércoles

Anita sigue sin avisar. Le pregunté esta mañana a José y nada. A Anita le sale todo por una friolera. Eso pasa. Me gustaría saber qué hizo la muy pingo el domingo por la tarde. Me gustaría saberlo y no me gustaría saberlo, porque el día que se me calienten los cascos de más me planto donde las Mimis y voy a armar la de Dios. De mí no se pitorrea ni mi madre. Escrito está.

20 febrero, viernes

Escribe Tino. El vaina de él sigue chalado con el chico. Ahora dice que piensa darle carrera. La madre dice que luego vendrá el tío Paco con la rebaja. En el café echamos un parchís. A Zacarías todo se le volvía decir que si recordábamos cómo meneaba el Pepe el cubilete, o lo que hacía con la ficha si le salían tres seises, o lo que decía cuando metía el primero la primera ficha, y ya Tochano se cabreó y le dijo que callara la boca con tanto Pepe, que no por mucho mentarle le iba a resucitar. El cipote de él terminó alborotando el juego. A Tochano le va haciendo falta un guapo que le baje los humos. Por si acaso, que no me busque las pulgas.

21 febrero, sábado

Llevo tres noches soñando boberías. Me duermo escapado, pero en seguida vienen las pesadillas. Y todas las noches lo mismo. Sueño que me voy a dormir cuando veo un bando de perdices apeonando por la alcoba. Me tiro de la cama, agarro la escopeta y entonces las tías zorras se van bajo la cómoda. Las saco de allí a patadas y cuando disparo, los tiros salen follones o hacen: «psssst», como si algo se deshinchara.

Otras veces los cañones se doblan como si fueran de chocolate. El caso es que no pringo nada y las marrajas se largan a la azotea por la rendija de la puerta y me toman a chirigota. Por las mañanas estoy como amorrongado. Hoy no vi a Melecio ni a Anita; estoy murrio. Si ella llamara sería otra cosa, pero la Anita es burra donde las haya.

25 febrero, miércoles

Me soltaron los obvencionales: 385 líquidas, que no está mal. Ya le anuncié a la madre que si entre los tres repartos no alcanzo las dos mil me las completarán para Navidad. La madre abrió el ojo. Al levantarse había dicho que andaba como mareada, pero con los cuartos se le pasó. A las mujeres ya se sabe, cuando no les duele algo, han dormido mal, como decía el otro.

Al regresar esta mañana de la tienda de don Rafael me encontré a Melecio que acababa de toparse con la Anita al salir de la sierra. Le pregunté si parecía contenta y el vaina dice que riendo a carcajadas no iba. Hay muchas maneras de estar uno contento sin necesidad de alborotar, me parece a mí.

El tiempo se ha puesto suave. En el café decidimos ir el domingo a lo de San Miguel del Pino. El río forma arriba del pueblo una isla de la que los patos son querenciosos. Zacarías me aconseja que lleve cuarta y que al pato, particularmente si es azulón, no le tire de pico. ¡Valiente novedad! Compré un kilo de perdigón de cuarta. Esto del perdigón es una broma. ¡A 24, vamos! Dice Melecio que en la calle la Olma hay un fulano que dándole plomo lo hace barato. Pero ¿de dónde demonios saco yo el plomo?

En casa encontré a Aquilino, tan plantado como siempre. El hombre parece un general. Desde lo de la subasta le tengo atravesado. Vio la piel del zorro y me preguntó quién le había cascado. Le dije que fui yo en lo de Aniago y le conté toda la historia.

28 febrero, sábado

Ha hecho un día de primavera. Fuimos en el tren a San Miguel y de allí al río meneando las tabas. Había dos que nos tomaron la delantera y tenían los puestos al norte de la isla, pero el barqucro dijo quc tanto daba la parte porque la querencia varía y todo es cuestión de acertar. A la perra le imponía meterse en la barca. ¡La muy torda! Aún era temprano y la sombra de los chopos daba en el río. Tan pronto llegué al puesto coloqué unos tomillos sobre los carrizos para ocultarme y le dije a Tochano que se quitase la cazadora blanca, porque se le veía desde París. A Melecio se le ocurrió mentar al Pepe y Tochano se volvió a él cabreado y le dijo que no fuéramos a reventar la fiesta. Luego nadie mentó al Pepe, aunque todos lo teníamos en el pensamiento. Al quedarnos callados se oía la vida en cinco kilómetros a la redonda. De repente me pareció que alguien zurcía el aire con un junco, miré hacia arriba y vi un bando bueno, de lo menos trece. Venían formados como para un desfile, pero entraron tan largos que no hice ni intención. A mi derecha sonó un tiro y luego otros dos y la Doly se puso loca y tuve que zurrarla. La condenada no sabe más que correr gallos. Yo estaba como tolondro. Decididamente esto de la espera no me va. Cruzaron otros diez patos y como si nada. Me voceó Zacarías que iban a tirarse a la confluencia. Luego entraron tres rasando el agua y vacié la escopeta. Nada. Oí tirar por turno a Zacarías, Melecio y Tochano. Como voceaban, salí del puesto y me llegué donde ellos. Tochano había caído uno en medio de la corriente y estaba alborotado el gilí porque el Sol que si quieres y el agua arrastraba al pato. Azucé a la Doly, pero ni a la de tres. Acabamos desamarrando la barca y perdimos tres cuartos de hora. Era un azulón macho de una vez. A poco entró un bando a huevo y Melecio descolgó uno. Andábamos cobrándole sin ninguna precaución y bajó otro donde el muerto. Tiramos todos a placer y allí quedó el cipote sin menear una pluma. Luego nos sentamos a comer y Zacarías dijo que el crepúsculo era la mejor hora, pero cuando el río se llenó de sombras, no se oía más que el viento en los carrizos. De retirada tumbé una gallineta y poco más arriba, ya sin luz, un cagaaceite. En la estación echamos a dedos y me cayó el lote de la gallineta. Lo siento porque estos bichos son tan duros como burros. Al llegar a casa le pregunté a la madre si había habido algo y ella me dijo algo de qué. Me cabreó la salida, porque la verdad es que ni yo mismo sé lo que quiero.

3 marzo, martes

Esta mañana encontré a la de Alemán y al de Francés besándose en la sala de profesores. Me hice el tolondro.

5 marzo, jueves

Anoche volví a soñar con perdices. Me levanté con dolor de muelas. Aún sigo como aliquebrado. Don Basilio me mandó preparar las togas para la fiesta de Santo Tomás. La del de Francés tenía un pegote de cera y la madre anduvo quitándole con la plancha. A las siete, sin intención, me llegué donde las Mimis. Anita me preguntó qué pintaba allí. Callé la boca por no soltarle una fresca. Pero me dio rilis cuando vi que ponía jeta y me llegué donde «La Conchita» y le compré un bartolillo. Luego le confesé lealmente que la echaba en falta. La chavala empezó con unos pocos de humos, pero, al cabo, como si no hubiera pasado nada. En el portal le cogí una mano. Ella se dejó hacer. La verdad es que la cría esta tiene una boca que es una nidada de besos. Tardé en dormirme más de la cuenta. Sentí el exprés de Galicia.

6 marzo, viernes

Se ha disuelto la Orquesta Municipal. Según Melecio había algunos con más pretensiones que Iturbi. Le pregunté que si el chelo, y me dijo que ése era uno. Luego me dijo que la fetén es que la idea no ha tenido el eco que se esperaba.

Esta tarde encontré a la Modes que se llevaba una botella de aceite. Tuve bronca con la madre. Para tanto como eso no me estoy yo reventando. Ya le dije que Serafín ingresa el doble que yo, pero ella me salió con que la Modes lo devuelve el lunes y que no me pusiera así. Me pongo como me pongo. Mi hermana es una fulana que siempre anda a la sopa y me giba que todos coman a costa de uno.

7 marzo, sábado

Acto académico en la Universidad. Uno de Letras soltó un rollo sobre el Tomismo. ¡Coplas! Hice por entenderle, pero a los diez minutos se me calentaron los sesos y salí al corredor a echar un pito. Estuve de cháchara con Cosme y Emilio. Los marrajos aún se las tenían tiesas cuando les dije que no es justo que ellos tengan carestía y nosotros no. Don Basilio me dijo a la salida que pasara por su casa a la tarde, que quería hablar conmigo. A las tres ya estaba allí. Me mandó sentar y me dijo que el de Francés y la de Alemán se casan para la primavera y que el de Francés había pensado en mí para que abriera las portezuelas de los coches de uniforme. Luego dijo que no ignoraba que tal cosa quedaba al margen de mis obligaciones, pero que lo meditase antes de decidirme y que en caso afirmativo me encargara sin más un uniforme. Por otro cualquiera lo hubiese hecho, pero si quiere uniformes el de Francés pudo hacerse marino en lugar de catedrático. Así es que le dije que nones. Él insistió que una boda entre catedráticos es una cosa rara y quiere rodearla de la mayor brillantez por el prestigio del Centro. Para no repetirle que no por las derechas le pregunté si tendría que llevar gorra y él respondió que a ver, y yo, entonces, le dije que no. El hombre no se daba por vencido y aún me dijo que volveríamos a hablar después de que yo reflexionase.

12 marzo, jueves

Estuve con don Basilio en la Dirección y me preguntó qué había decidido sobre el asunto. Le dije lealmente que lo sentía por él, pero que no; que me joroba lucirme.

El vaina de Crescencio me pidió esta mañana que le dé la hora en Dibujo. Le pregunté el porqué y todo lo que se le ocurrió decir es que tiene un chico en la clase. Le dije que qué tenía eso que ver y me contestó que al chaval le da lacha que su padre asome la jeta y diga: «¡La hora!». ¡No te giba! He comentado el caso con la madre. Ella dice que si un día tengo un hijo será bedel como yo. No le falta razón.

El tiempo sigue suave y esta noche al afeitarme me dejé el bigote. De aquí a septiembre, cuando se abra la veda, puede estar listo. Recuerdo que el Pepe decía, la otra vez que me lo dejé, que parecía tuerto del lado derecho. ¡Pobre Pepe!

15 marzo, domingo

Hoy me desayuné en la cama. La madre me subió el periódico y me entretuve con él hasta mediodía. Oí misa de una y a la salida me encontré a Melecio. Dice que uno de San Miguel le ha dicho que la manera de cazar patos en las salinas es de noche, a la espera. Por broma le pregunté que si a la luz de un farol y él se mosqueó y dijo que con la de la luna bastaba. Quedamos en ir el sábado. Me alegro porque así no tengo necesidad de dar explicaciones a Anita. Estuve con ella esta tarde en la Cerve y se me hace que pone cara.

19 marzo, jueves. San José

Fui a primera hora al cementerio a llevarle unas flores al Pepe. Me topé allí con Melecio y Zacarías. De regreso dijo Zacarías que este año nos quedábamos sin la copa de anís que solía pagar el Pepe. Volvíamos todos murrios. Les recordé que el Pepe decía que san José era el único santo que merecía la pena, y Melecio se echó a reír y dijo que qué cara habría puesto al tropezarse arriba con los demás. Zacarías se puso a reír a lo bobo. En el café, Melecio volvió a recordar lo de la copa y Tochano voceó que al que volviera a mentar al Pepe, para bien o para mal, le estampaba la jarra en la cabeza. Luego pagó una botella. La bebimos sin chistar y, al acabar, Tochano pidió otra A lo bobo a lo bobo se nos hizo la una. De retirada nos topamos con Serafín en la barra. El patoso se me abrazó y dijo que se venía con nosotros y que pagaba un vaso donde Polo. Luego estuvimos en un banco de la Plaza cantando. Al final, mi cuñado se echó a llorar y dijo que se acordaba del chavea que se le murió. Tochano ladraba a la luna, le agarró por las solapas y le dijo que si volvía a mentar a un muerto le rompía la cara. Estaban los dos a cuál más mamado. Cogí a Serafín y me le llevé para casa. Mi hermana le aguardaba levantada. Al verme me puso a caer de un burro voceando que perdía a su marido por las tabernas mientras ella se mataba por dar a los chicos un pedazo de pan. Serafín se empeñaba en besarla y ella le largó un guantazo y le dijo que no fuera sobón. Mi hermana andará a la sopa, pero carácter no le falta.

20 marzo, viernes

Estuvo en casa la Modes de mañana y le contó a la madre lo de anoche. ¡Le ha faltado tiempo a la cuentera! Me dio lacha y le planté a la madre que el Pepe tuvo la culpa. Ella se hacía de cruces. Unas cosas nos llevaron a otras y acabó confesando que no tenía un real. Le dije que cómo si aún andamos a 20 y ella dijo que sí, que es cierto, pero que no sabe hacer milagros. Me giba lo que nadie sabe este mirar la peseta y que encima no alcance. No es vida, vamos. Ahora me doy cuenta de que con lo de la calefacción obré un poco a espetaperro. Las cosas hay que pensarlas. Decididamente he de buscarme algo para por las tardes.

22 marzo, domingo

Melecio y yo pasamos la noche al sereno en la salina de San Miguel. En el cielo había una luna como un plato. Desde la islilla de carrizos y espadañas, las ranas chillaban a la luna sin dejarlo. Estaba hermosa la noche. Un verdadero espectáculo. Antes, cenamos dos huevos con longaniza en la taberna del pueblo y el amigo de Melecio nos prestó una perra que no se asusta del agua. Entre Melecio y yo había la laguna y la luna ponía encima una raya de luz. Melecio me dijo que tuviera los ojos despiertos y yo miraba al cielo arrebujado en la manta, pero no veía nada. Llevábamos una hora larga cuando tiró Melecio y me asustó. Sentí un chapoteo y luego vi la cabeza de la Tula en el reflejo de la luna. Las ranas dejaron de alborotar. Melecio animaba a la perra. Al cuarto de hora tiró otras dos veces. Yo era todo ojos. El campo estaba como blanco y la luna tenía un cerco brillante. Disparé sobre una sombra a cascaporrillo y resultó un mochuelo. Al cabo sentí como el rumor de un viento que se arrimaba. Tiré la manta y me puse a mirar la luna sin pestañear. De pronto distinguí seis sombras al contraluz descolgándose sobre la salina. Primero disparó Melecio y yo seguidos los dos cañones. Allí quedó uno sobre el agua, chapoteando a la desesperada. La cabeza de la Tula hacía círculos alrededor y, a seguido, le echó el diente. Melecio iluminó al bicho con la linterna. Era un pato real, grandote como una avestruz. Había cobrado antes dos azulones machos hermosos y me preguntó por qué no tiraba más, que me habían pasado más de cien parros rozándome la jeta. Le dije lealmente que la luna me cegaba. Pasamos otras dos horas en silencio hasta la amanecida. El cielo blanqueaba por detrás de los tesos y la islilla de carrizos se empezó a animar. Volaron tres gallinetas y caí una. Luego se arrancó una cerceta y Melecio la derribó. El campo estaba hermoso con los trigos apuntados. En la coquina de la ribera había ya chiribitas y matacandiles tempranos. Una ganga vino a tirarse a la salina y viró al guiparnos. Volaba tan reposada que le vi a la perfección el collarón rojo y las timoneras picudas. En la salina, la gabusia se despegaba del cieno del fondo. Era un espectáculo y le dije a Melecio que atendiera. Sólo se sentían los silbidos de los alcaravanes al recogerse en los pinares. Así, como nosotros, debió de sentirse Dios al terminar de crear el mundo. Luego salió el sol, nos largamos al pueblo y oímos misa de siete. A las ocho tomamos el coche y a las nueve ya estaba roque. La madre me llamó a las cinco. Me arreglé y marché donde Anita. Estuvimos en la Cerve bailando como peonzas hasta las diez.

25 marzo, miércoles

El de Francés me sonrió esta mañana al darle la hora. ¡Buen guaje! Desde el lunes es con el único que entran. Cuando se largó la gente, me llamó y trancó la puerta. Yo ya sabía por dónde iba. El tío empezó a darme coba con que si la boda afecta al Centro y que si tal y que si cual. Pensé decirle escapado que nones, pero su mirada me imponía, la verdad, y acabó enredándome. No hay duda que el marrajo sabe dar incienso, y a uno, aunque presuma de estar de vuelta, le gusta que le enjabonen. Ésta es la fetén. Y tanto «apuesto» y tanta historia, que terminé diciéndole que bueno y que sí, que abriría las portezuelas de los coches de uniforme. Todavía no sé dónde empezó a liarme el tolondro de él, pero me enredó y yo como un cagueta dije que sí. Después de todo, si caen unos pavos, bueno está lo bueno. Se lo conté a Melecio y dijo que había hecho la del otro. Le pregunté si no repetíamos lo de San Miguel y me dijo que no queda otro día que el sábado. Quedamos para el sábado si no hubiera novedad.

27 marzo, viernes

El tiempo se ha metido en agua. No cesa de diluviar. Malo será que no tengamos que desistir de la excursión. El primero de abril empieza la veda del pato. Me fui donde don Rafael, echándole cara, a ver si sabe de alguna colocación para por las tardes. Según él, es difícil, más que por el salario, por los barullos de seguros e historias. De ahí me llegué donde don Basilio, que estuvo tieso como un ajo, no sé si porque a él le dije que no y al otro que sí. En resumidas cuentas, flor de cantueso. Con la disculpa de los apuntes me fui a casa de don Rodrigo. Empecé por decirle que la venta va mal porque el curso está muy avanzado. Respondió que no esperaba otra cosa a estas alturas, pero si sé de algún alumno de alemán no deje de enviárselo. Me fijó los honorarios: un alumno, 200 pelas hora; 150 en grupos de dos a cuatro; de cuatro en adelante, 125. Empezó con la perra de siempre y yo le dije a todo que sí para que callase, pero la gibé, porque entonces salió con que si dar clases de alemán era una cosa lícita, porque no es lo suyo, ni forma tribunal ni moverá un dedo en favor de sus alumnos por bajo cuerda. El patoso terminó por mostrarme las mangas de la chaqueta y preguntarme qué años le echaba al traje. Le dije lealmente que no entendía y él entonces dijo que nueve. Cuando calló la boca, le expliqué lo mío y él me ofreció ponerme de acomodador en un cine. Le dije que al pelo. Eso, por lo visto, le es posible, porque lleva la crítica de películas en la emisora. Me preguntó si sabía lo que cobraba por cada comentario semanal y respondí que no y él me dijo que treinta y cinco pelas. Al final me dijo una verdad como un templo: que en estos tiempos uno va a comprar y le piden la luna, pero va a vender y la gente quiere saldos. Quedé en volver por su casa.

28 marzo, sábado

La lluvia no para. ¡Esto es el diluvio! En todo el día se ha visto un claro en el cielo. Buen agua, dicen los labradores, pero a nosotros nos ha hecho la santísima. Melecio avisó a mediodía que dejábamos el bureo. Esto quiere decir que puedo colgar la escopeta hasta agosto. ¡San Pedro, hasta agosto! Los dedos se me van a oxidar.

Hubo carta de mi hermano. El condenado es ciego por el chico. La Veva dice, en cambio, que tiene malos instintos y está mal enseñado. Tochano me dio la noticia de que don David ha endosado el café a la Banca Guipuzcoana. Juan andaba muy murrio esta tarde. ¡Hay que ver lo que son 35 años sin moverse de un sitio! Dice, y con razón, que el jefe se mete un buen fajo, pero que él a esconder. También a nosotros nos parten. Uno se hace a un rincón y aunque digan que otro es lo mismo, no es lo mismo. Zacarías propuso el Hogar del Productor, pero Tochano dijo que ni hablar y que él no era sospechoso. Yo indiqué entonces lo del Novelty y no cayó mal. Don David se acercó a última hora a dar explicaciones. Dice, y con razón, que a su edad le es más cómodo cortar cuatro cupones que no andar a cuestas con un negocio que tiene más quiebras que otra cosa. Si yo pudiera hacer lo mismo lo haría por más que diga Melecio.

30 marzo, lunes

El tiempo empieza a arreglarse. Hoy, siquiera, vimos el sol. A ratos, pero lo vimos. Estuve donde don Rodrigo y me facturó al empresario del Cine-Salón. Hablé con el cabo y quedé en volver a la tarde, porque don Acisclo no iba hasta las siete. Volví a las siete y don Acisclo me recibió en el foyer. Me dijo que casualmente había una plaza y que si me petaba podía quedarme. Acepté y él entonces me explicó el horario y me dijo que eran ocho pelas diarias. Empezaré después de Semana Santa. Antes de marchar, charlé otra vez con el cabo, que tiene así una cara como de estar mochales. Me dijo que hace veinte años que existe allí una comandita para las propinas, porque el pasillo central es negocio y los laterales, sobre todo arriba, una miseria. Le dije que contase conmigo. Luego le pregunté qué suponían las propis y contestó que del orden de las 40 o 50 semanales. Unos meses con otros, 450 líquidas, que no está mal. Después, el cabo me llevó al ropero para que me probara el uniforme. Me quedaba chico y el cabo dijo que no le chocaba porque Higinio, el anterior, se había marchado a morir tísico a un Sanatorio.

Le dije lealmente que no estaba dispuesto a usar la misma ropa que un tísico, pero el cabo se fue donde don Acisclo y volvió con la embajada de que le sacara la sisa y los botones y si me gustaba bien y si no ya conocía la puerta. Vi allí las lámparas y le pregunté si también las pilas corrían de nuestra cuenta. Respondió que no. Al despedirnos, me dijo Fermín, el cabo, que el Viernes Santo que no hay función vaya por allí a tomar las medidas de la sala. La madre se puso loca al saberlo.

3 abril. Viernes Santo

Pasé la tarde tomando las medidas a la sala. Fermín me daba una fila y un número y yo los buscaba. La fila 15 tiene un pasillo más ancho por delante y lo guipé de entrada para orientarme. Primero lo hice con luz y luego a oscuras. Repetí varias veces. Según el cabo basta con retener dos cosas: que los pares son a la derecha y que la planta baja cuenta 34 filas y 19 el piso alto. Luego me aconsejó que me detenga junto al cliente después de servirle si quiero que se rasque el bolso. Le pregunté si eran frecuentes las propinas y me dijo que cada vez la gente es más amarreta y que si vivimos es gracias al pasillo central. Nos sentamos un rato y le pregunté si nadie sisaba a la comandita. Dice que aunque no hay un control no es fácil, al menos en cantidad, pues existe una cifra aproximada para los días de estreno, otra para la noche del sábado, otra para la tarde del domingo y así todo. Me explicó luego que los turnos giran semanalmente, ya que todos hemos de pasar por todos los puestos. Por lo visto antes las parejas se colocaban atrás y soltaban buenas propinas para que no se les molestara, pero ahora, con la campaña gubernativa, la cosa ha variado.

Estuve a última hora con Anita a ver entrar a la Virgen.

6 abril, lunes

Pasé por casa de don Rodrigo a decirle que lo de la colocación es un hecho. Tenía sobre la mesa la liquidación de haberes de marzo y me la enseñó, advirtiéndome que mirase primero donde decía «líquido en nómina» y luego donde decía «neto a percibir». En «líquido en nómina» decía 1.930 pelas y en «neto a percibir» mil quinientas y tantas. Él se echó a reír y dijo que me fijase en las partidas a descontar. Eran cinco: Utilidades, Mutualidad, Pólizas, Habilitación y Defunciones. Yo, por caerle en gracia, le dije que era una vergüenza y me despedí para no empezar con retraso.

Para foguearme me han dado arriba. A las ocho no entraba un alma y Fermín me dijo que podía largarme a cenar para volver a las nueve y media. Hice 1,35 a todo tirar. Una risión, vamos. En cambio, Manolo, en el pasillo central, seis barbos. Cuando levantaba las butacas encontré un guante de señora y le dije, por guasa, al cabo si las cosas olvidadas eran para la comandita o para devolver. Creí que iba a gozarla, pero me preguntó qué era, y yo le dije que un guante y él me dijo, entonces, que lo dejara en el guardarropa. En la sesión de la noche se ocuparon veintidós butacas contadas. ¡Y para eso cuatro acomodadores! A las once me senté más tranquilo que el Bomba y me vi la película. Echan *Mi mula Francis* y pasé el rato. Luego me desvelé y sentí el exprés de Galicia.

7 abril, martes

Vi otra vez *Mi mula Francis*. Me reí con algunos golpes que se me pasaron el primer día. Bien mirado no es más que una pendejada.

8 abril, miércoles

Vi otra vez *Mi mula Francis*. Cada vez que el animal abría la boca ya me decía yo por dentro la gansada que iba a decir. Terminé con dolor de cabeza.

9 abril, jueves

Vi otra vez *Mi mula Francis*. Salí al foyer, pero allí seguía oyendo el habla del animal. Me encerré en el váter, pero que si quieres. Hasta allí llegaba la voz de la tía. Me vine para casa loco.

10 abril, viernes

Hoy estrenamos y no cabía en la sala un alfiler. Arriba hice 3,35 líquidas. Manolo 58,60. Con unas cosas y otras me acosté a las dos. Ni tiempo he tenido para engrasar la escopeta. Esto no es vida.

12 abril, domingo

El domingo es en el cine como otro día cualquiera; peor que otro día cualquiera. Hay tres sesiones y mucho más personal. Me corresponde descansar mañana. Pero yo me pregunto: ¿qué puede hacer un hombre que descansa cuando los demás trabajan? Le dije a Fermín si será siempre así y me dijo que hay un turno. Total: un domingo libre al mes. Le pedí a Anita que no saliera y me dijo con muchos humos que con qué derecho la exigía eso. ¡Me cago en la pared! Me llevaron los demonios cuando la vi aparecer con la Mimi y el fogonero. Yo mismo les acomodé. Faustino no me reconoció y quiso darme una propi, pero yo me hice el ido. ¡También gibaría! A la salida, Anita pasó junto a mí como si no me conociera. ¡Se le caerán los anillos a la desgraciada!

13 abril, lunes

Empleé la tarde libre en la escopeta. Casi había criado gusanos. Pasé el cepillo de cerdas por los tubos y le puse grasa. Por ir con prisas partí la baqueta por uno de los empalmes. Melecio me aconseja que compre una de madera; dan mejor resultado. También dice que use tubos Diana para el engrase. Ciertamente la que uso ahora se reparte mal.

Salí con Anita a las siete y la encontré un poco chulilla. Le hice ver que el ponerme de acomodador no es capricho sino necesidad. Ella dice que no le va ni le viene eso, ni nada mío. Le pregunté por qué estaba así y ella dijo que no estaba de ninguna manera. ¡Como si yo no tuviera ojos! Le pregunté si había dicho algo la Mimi y ella dijo que, para no mentir, la Mimi dijo al verme que parecía un botones. Ya me olía yo que la pingo esa andaría por medio. Le expliqué que el uniforme me estaba chico, pero le habían sacado las costuras hasta el tope. Luego pensé que estaba haciendo el cipote dándole razones y que ella y la Mimi y la Mimi y ella pueden pensar lo que les dé la gana. Nos separamos de monos. No me dormí hasta las tantas.

16 abril, jueves

Esta tarde llamé la atención a una pareja. El cabo me dijo que no me ande con contemplaciones y tome nombres. Por la noche vi *Ivanhoe* por séptima vez. No me importa, porque no es una pendejada como la de la mula y da algo de cultura. A la madre le volvieron los mareos. Después de comer se acostó, porque se le iba la cabeza.

19 abril, domingo

Por la mañana estuve con Anita en el Tirreno tomando unas mollejas. Se le ha quitado el morro. Ya le anuncié que en adelante podremos salir todos los días de ocho a nueve y media. He determinado que la madre me ponga una tortilla en un poco de pan y me ahorro dos paseos, uno de ida y otro de vuelta, y además puedo verme con Anita cada tarde. Veremos si no es peor el remedio que la enfermedad. Hoy, por de pronto, cuando toqué retirada en la Cerve, Anita se plantó y dijo que ni hablar del peluquín y que se quedaba con la Mimi hasta las diez. Me dio en los ojos y le dije que o se venía por las derechas o me la echaba al hombro como un saco. Ella debió notar que no iba de cofia porque salió como un cordero. En todo el camino hablamos una palabra. Esta mujer me pone negro.

21 abril, martes

Ya tapiaron el España para empezar la reforma. Nos vimos por primera vez en el Novelty. No sé por qué, pero todos parecíamos alelados. Por hablar algo dije que no volveríamos a dar con un rincón como el de España y entonces Tochano me dijo que si volvía a mentar al España me pegaba una guantada que me ponía la cara del revés. Zacarías anunció que dentro de unas semanas empezará a salir con la hembra. No tengo pepita en la lengua y le dije que el reclamo es una perrería. Contestó, tan fresco, que todas las cosas son cuestión de puntos de vista. Anduvo contando hazañas. Dice que una vez, cuando chico, se metió en un tollo a las seis y a las siete había hecho ocho machos, uno detrás de otro. Al tío se le entornaba el ojo ciego como una persiana. Eso es mentir por la mitad de la barba. La verdad es que las enhebra como agua.

Me pasé por Asterio a probarme el uniforme. La boda es para el treinta. Desde el portal ya se sentían los mambos de la gramola. La chaqueta me tira de sisa y así se lo dije. Asterio me preguntó si era cierto que hablaba con la Anita, la del churrero. Le respondí lealmente que eso de hablar era muy relativo. Entonces me confesó que sabe de buena tinta que la chavala esa anda colada por mí hasta los tuétanos. Le pedí que se explicara, pero él calló la boca. Luego he estado pensando en ello. Hacía buena noche y me quedé un rato en la azotea al regresar del cine. Me pregunto en qué podrá basarse Asterio para decir lo de Anita.

27 abril, lunes

El vaina de Crescencio me confesó esta mañana que al chico no le gusta que ande por los pasillos entre clase y clase para no tropezársele cuando va con los amigos. El memo de él se ríe como si tuviera gracia y dice que son los pocos años. ¡No te giba! Si yo tuviera un hijo así, le colgaría del palo de la bandera.

Esta tarde vi que se colaba el hermano de Fermín. Me fui donde el cabo y le pregunté si es que podemos meter de guagua a los nuestros. Le cabreó la cosa, pero no tuvo más remedio que decirme que en los últimos días, y sin abusar, no hay inconveniente.

29 abril, miércoles

Creí que se reventaba lo de la boda. El de Francés andaba hoy más nervioso que una lombriz y me dijo que suponía que me quitaría el bigote para mi actuación. Yo le dije que ni pensarlo. Se puso loco y voceó que a ver si ahora que me habían hecho el uniforme iba a dejarle en la estacada. Vino don Basilio y el de Francés se chivó. El otro, que también anda encalabrinado con lo de mañana, desanudó la voz y me puso a caldo. Finalmente le dije que bueno para que callase la boca. Me giba lo que nadie sabe que me voceen.

30 abril, jueves

¡La madre que le echó! Con cinco cochinos pavos me despachó el tío. A buena hora me agarra para otra. Y me costó reventarme aunque él no lo crea. Apenas he dormido y me levanté con un tembleque que para qué. Con los galones y los bordados parecía un almirante. La madre, que me anduvo cepillando, dijo que iba más galán que Mingo y que ni el novio iría mejor puesto. Luego el cachondeo de las del señor Moro detrás de los cristales y la gente volviéndose en la calle. ¡La oca, vamos! No se los tiré a la cara para no dar el espectáculo. ¡El muy zángano! Dice la madre, y le sobra razón, que hay señores que no saben ser señores.

2 mayo, sábado

Fiesta. En cuanto me levanté puse la bandera en el balcón. La primavera ha llegado. Hoy pegó el sol en forma. Por la tarde estuve en el Novelty. La verdad es que nos vamos encontrando aquí. Ciertamente no es mal sistema ese de Tochano de no mirar atrás. A Juan le han colocado de ordenanza en la Banca Guipuzcoana. Por lo visto, don David lo exigió para el traspaso.

Tochano dice que ayer en la barbería le hablaron de una enfermedad que ha liquidado los conejos de Francia. El de la mesa de al lado, que cada tarde se embute un cortado a palo seco, metió el cuezo y dijo que era la mixomatosis y que ya estaba en el Pirineo. Le pedí que se explicara y dijo que es cosa de un médico francés que creyendo que hacía un servicio había hecho la del otro. Terció Tochano y dijo que, según él tenía entendido, para el contagio es necesario que un conejo sano coma yerba que ha orinado otro enfermo. El de al lado reconoció que todo eso era cierto y que a la vuelta de unos años no quedará en Europa un conejo para contarlo. Dijo luego que todos los males nos vienen de Francia y no sé qué tecla le tocó a Melecio que se atocinó y dijo que en Francia había cosas buenas y malas como en todas partes. Mientras la mixomatosis respete la perdiz y la liebre, bien vamos. Con estas coplas se me hicieron las tantas y llegué al cine a las menos veinte. El cabo me dio un repaso. Dijo no sé qué gaitas de que la profesión esta exige vocación y que nadie debe agarrarse a ella como recurso. ¡Coplas!

5 mayo, martes

Zacarías subió el domingo con el reclamo a lo de Cuesta. Por lo visto, el campo respondió y la hembra recibía bien, pero no hizo más que dos machos. Esto me hace pensar que no hay tanta perdiz como dicen. Le dije que debería esconderse en vez de tanto farolear y le pregunté si no leyó lo que decía el sábado el *ABC*. El tío arrastrado, voceó que yo y el *ABC*, el *ABC* y yo le traíamos sin cuidado. Terminamos mal.

Estuve donde Anita. Le dije lealmente que sólo iba para decirle que puede entrar en el cine de guagua cuando le pete. Me dio unas gracias que me dolieron más que una guantada. Luego me preguntó con mucha guasa si la dejaba ir a pie hasta casa o prefería llevarla al hombro. Me eché a reír y le dije que el otro día estaba endemoniado y que dispensara. Quería largarse, pero al fin la convencí para tomarnos un bartolillo en «La Conchita». Yo no sé qué piensa esta mujer; me giba ya tanto tira y afloja. La chavala esta no quiere comprometerse aunque Asterio diga misa.

8 mayo, viernes

Hoy hizo un sol de justicia. En agosto vendrán los fríos. Después de comer me di una vuelta por el parque con la chavala. Nos sentamos en un banco entre sol y sombra, frente al estanque. No sabía de qué hablar y terminé por contarle la cacería de la otra noche en las salinas. Alrededor no había un alma y el sol espejeaba en el agua. Al terminar, no sé por qué ni por qué no, nos pusimos a mirarnos como lelos, cada vez más cerca, y cuando la besé en la boca el sol se nubló y se me olvidaron todas las cosas. ¡Madre, qué labios! Anita temblaba y dijo que estábamos tontos y que por una cosa así podíamos salir mañana en el periódico. Yo no acertaba a hablar y cuando al fin me arranqué, no me atreví a mentar el asunto y sólo dije que, al amanecer, Melecio cayó una cerceta y yo una gallineta, y una ganga nos pasó tan próxima que le vi perfectamente el collarón y las timoneras. Nos quedamos un rato atarugados y al cabo dijo Anita que era su hora. A las ocho volví a buscarla. Creí que las cosas habían cambiado, pero como si no. Le he plantado un beso muy rico, pero eso no fue más que una chamba. Es fijo que si yo lo intentase otra vez me saltaría las muelas de una guantada. Todavía estoy como tolondro. Sentí el exprés de Galicia.

13 mayo, miércoles

Este mediodía le conté al Pavo lo de la mixomatosis y él me preguntó si no había remedio contra eso. Le confesé lealmente que no lo sabía. Le he metido el demonio en el cuerpo. El pelón se puso a pensar remedios y dijo que lo mejor era cavar una zanja bien honda en la parte de acá del Pirineo y llenarla de agua. Al cabo de un rato dijo que reflexionaría con calma y que de momento le interesaba más que yo le hablara a don Rodrigo porque va limpio en Matemáticas. Le prometí hacerlo.

La Modes vino un rato esta tarde. Hacía tiempo que no la echaba el ojo. Aproveché para decirles a la madre y a ella que qué cara pondrían si me casase. La madre dijo que ése era un asunto muy personal, y la lela de mi hermana, que bien loco sería. Ella cree que todo va a ser como lo suyo con el torda de Serafín.

20 mayo, miércoles

Algunos profesores dieron las notas esta mañana. Hablé a don Rodrigo del Pavo y me preguntó si tenía interés de verdad, pues no hay otro más gandul en todo el curso. Le confesé que el compromiso era serio y fue, entonces, y firmó el aprobado delante de mí.

A las doce se presentaron la de Alemán y el de Francés. Los dos han convocado para el 25. En los pasillos había recelo y el Pavo me dijo que lo del examen era una alcaldada. Querían armar una comisión para ver a don Basilio, pero al fin desistieron porque uno dijo que esto era una manera como otra de dar aprobado general.

En el cine hablé a Quintín, el portero, de que aguardaba a una chavala. No puso buena cara, pero yo anduve al quite y cuando Anita llegó me fui donde él y le dije que la dejara pasar, que era la chavala que esperaba. La acomodé atrás y cuando dejó de entrar público me senté donde ella y vimos juntos la película. Me olvidé de cenar.

Le he contado a Melecio lo de Anita. Le dije que prácticamente somos novios. Se alegró de verdad.

23 mayo, sábado

Estuve donde mi hermana, que tiene a la Titina con pulmonía. La cría parecía contenta, pero el mandria de Serafín anda aliquebrado. Me vino con que si la chavea sale de ésta no vuelve a probar un vaso. Si no le conociera... De casualidad estaba allí su hermano Gabriel, el de Villaherrero, y me invitó a dar una vuelta por el pueblo. Según él, las perdices se le meten en casa y tiene un pájaro muy guapo. Le dije la verdad, que el reclamo no se me hace trigo limpio, pero él dijo que no quiere saber nada y que si un día se me antoja ya sé el camino.

El de Francés se cargó hoy dieciocho de

treinta y dos y la de Alemán dieciséis de veinticinco. Ha estado si se armaba o no se armaba.

Colé esta tarde a la Amparo y Melecio de guagua. Quintín parecía un poco mosca, pero calló la boca.

A las ocho salí con Anita y lo primero que me dijo fue que la Mimi le había dicho una cosa que no se atrevía a repetir. Después de mucho me salió con que no la mirara y me lo diría. Volví la cara y ella dijo entonces que la Mimi le había dicho que los besos de los hombres saben mejor que los bombones. ¡Gibar con las Mimis! En mi pueblo a las tipas de esta escuela las llaman pendones.

28 mayo, jueves

Terminaron los oficiales. Hasta el seis de junio no empezamos con los libres.

A la Titina no la parte un rayo. Esta tarde estuve a verla y ya corre como un conejo. Me dijo Serafín que ayer estuvo Gabriel y le dijo que no deje de darme una vuelta por el pueblo.

El tiempo sigue como de verano.

1 junio, lunes

Pasé la mañana tumbado en la azotea con los pantalones arremangados. Asomó un momento la bestia de la Carmina y dijo algo de mis pantorrillas y de ponerme bonito. Me hice el loco. Me giban los pleitos con esta tía. Luego subió Crescencio como unas pascuas y dijo que su chico había despachado el curso con matrícula en todas las asignaturas. Luego dirá el panoli que ante un caso así es natural que su casa le venga estrecha. A la vuelta de cinco años el chavea este ni conocerá a su padre. Y si no, al tiempo.

Zacarías anduvo ayer de reclamo y, por lo que dice, le salieron dos jurados. Dice que les dijo que si no espabilaban iba a hacer carambola de jurados, que era lo único que le quedaba por hacer en la vida. El chalado las urde como agua. Tochano dice que para el 17 habrá aquí una tirada de pichón. Allá iremos a ver remangarse a los señoritos.

Me queman las piernas del sol de esta mañana. Las tías escuecen. No veo momento de salir al campo.

3 junio, miércoles

Aprieta el sol. La casa está echando bombas. En un mes no se ha visto una nube. ¡Dios! Si sigue así, en agosto se van a cocer los pájaros. Dice Crescencio que buena diferencia con Santander. Ya le dije que tampoco aquí los dos últimos años hizo verano.

Colé esta tarde a la madre, que tenía capricho por ver *Me casé con una estrella*, de Sandrini. Fermín dejó que la acomodara y luego me dijo que Quintín le había dicho que estaba colando matute todos los días. Le respondí que era la cuarta vez que lo hacía y que en ese tiempo había visto allí a su hermano una docena de veces. El maula voceó que no era cierto y que aunque lo fuese es diferente colar una misma persona que gente distinta cada día. Luego dijo que llevadas las cosas a este terreno aprovechaba para decirme que el día que pasara a la novia no me pusiera de plan con ella estando de uniforme. Le dije lealmente que tomaba nota. La madre me dijo a la salida que se había reído las muelas y que ahora que podemos entrar gratis tengo que llevarla al cine más a menudo.

6 junio, sábado

Ha hecho un día hermoso y la noche está calma, como en agosto. Mañana subiré donde Gabriel en la burra. No por nada sino por estirar las piernas. Dejaré la escopeta para evitar tentaciones. Esta tarde me tropecé a Cosme. Por lo visto ya está decidido su traslado a Barcelona. Melecio dice que en Cataluña la caza se la llevó la trampa hace tiempo. Si es así no envidio a Cosme.

Hace días que llegaron los vencejos y en casa es no parar. Los condenados chillan como pendones sin dejarlo. Todo el día de Dios andan colgados del alero. A las siete ya me tienen de pie. ¡La madre que los echó, no los mataran a todos!

Hoy empezamos con los de ingreso.

7 junio, domingo

A las nueve ya estaba en Villaherrero. Gabriel se sorprendió. Le aclaré que venía solamente a asomarme al campo. Me enseñó el pájaro y tenía buena estampa. Luego me dijo que había terminado un tollo en la misma linde de lo de Moyano. Le aclaré que no traje escopeta ni cartuchos a intención. Él dijo entonces que por eso no, porque escopetas y cartuchos le sobraban en casa. Al fin le dije que me llegaría al tollo, pero sólo por ver pelear a los machos. Gabriel insistió en que cogiera la escopeta, pues siempre puede ocurrir un qué. La agarré por complacerle. El campo estaba hermoso y junto al puesto había una pradera cuajada de chiribitas y tréboles bravíos. A mano izquierda andaban acorrillando un majuelo. Ya en el tollo con la hembra a diez pasos dando el coreché se me olvidaron todas las cosas. Entró un macho y me lo cepillé. A poco entraron dos peleando y dejé a los dos de un tiro. Salí del tollo y me fui donde Gabriel. Se echó a reír al ver las perdices y dijo que eso ya lo sabía él. Las envolvió en un trapo y las amarró al soporte. Aún llegué a tiempo de ir con Anita a la Cerve. Se ha inaugurado la pista de verano y bailamos al descubierto. Teníamos la mesa bajo una acacia y yo le dije a Anita que puestas así las cosas había que pensar en fijar un día para la boda. Yo contaba con la luna y con la música, pero Anita dijo que nanay.

15 junio, lunes

Los exámenes marchan. Sólo la de Alemán y el de Francés están a ver quién puede más. La gente anda que echa las muelas.

Vi a Melecio este mediodía. Está murrio otra vez. ¡Ay qué coño de hombre! Dice que es el calor, pero vaya usted a saber. Me giba verle así, porque el hombre, a lo bobo a lo bobo, pasa lo suyo. Me dijo que ha oído decir que entró poca codorniz este año y que en cambio la perdiz está criando como agua. No le dije una palabra de lo de Gabriel.

En el Novelty andaban alborotados con la tirada de pichón de pasado mañana. Tochano voceaba que esos pichones los mata un niño. Melecio dijo que hacía falta puntería. Tochano se atocinó y dijo que lo único que hace falta son cinco mil pavos de sobra en la cartera. Melecio le preguntó por qué no probaba si tan seguro estaba y Tochano voceó que un pájaro se le marcha al más pintado. Nos enredamos a voces y a vasos y Tochano dijo, al fin, que no tenía inconveniente en que escotáramos entre todos para que uno de los cuatro hiciese una tirada. Zacarías se calentó y dijo que por él no quedaría. Yo dije que por mí tampoco y Melecio no tuvo más remedio que hincarla. Acordamos ir a la prueba más barata, que sale a mil pelas la inscripción y a 23 el pájaro. A 250 por barba. Tochano pidió un dado, tiró y sacó un cuatro. Zacarías sacó un tres, Melecio otro tres y yo un seis. ¡Gibar con la comisión! Les dije que no tenía escopeta presentable y Melecio quedó en pedírsela a su jefe. Tochano me prometió la cazadora, pues a estos sitios no puede uno presentarse de cualquier manera. ¡En mi vida las he visto más gordas! Tochano tiene cada zanganada que para qué. Y lo malo es que nos enreda a todos.

16 junio, martes

Nos vimos en el café. Tochano llevó la cazadora y Melecio dice que ya tiene la escopeta en casa. Me han calentado las orejas de más. Todo se vuelven consejos. Zacarías dice que el secreto está en no dejarle tomar vuelo al pichón. Tochano que doble aunque vea al pájaro en el suelo sin mover una pluma. Le hice ver que cada cartucho son siete pelas, pero él dijo que esa cantidad no va a París donde se ventilan doce billetes. No le falta razón. Melecio dice que lo principal es sujetar los nervios. Ya le dije yo que todo eso es muy bonito, pero no está en la mano de uno. Me atontonaron la cabeza y les dije lealmente que es mucha responsabilidad y que prefería que tirara otro. Zacarías voceó que ni hablar, ya que los dados habían decidido. Estoy que no puedo parar. Ayer sentí el exprés de Galicia y hoy es fijo que volveré a sentirlo. Me giba presentarme allí como un mermado sin saber qué hacer ni qué decir. Dice Melecio que hay otra prueba antes y que andaremos al quite. ¡Vamos, que también tendría guasa que me embolsara mañana doce billetes!

17 junio, miércoles

Todavía no me salió el susto del cuerpo. La verdad es que he pegado el golpe. Veinte tíos bonitos dándole al asunto todo el año para que luego llegue un pelado y se lo lleve. A lo primero me dio lacha y tiraba mal y precipitado. A pesar de ello, los pájaros caían solos. La cuadrilla andaba detrás, más despistada que un chivo en un garaje. Luego cogieron confianza y en cuanto bajaba uno me aplaudían. Cuando fallaron todos menos yo y Pito, el de la armería, se quedaron como sin habla. Para entonces ya me reportaba y tiraba sobre seguro. Le había cogido el qué y hubiese matado ciento. Luego falló Pito y la gente me pegó una ovación que ni Cagancho. La cuadrilla vino hasta mí y me subieron en hombros. Me gibó porque ya había hecho alguna amistad y de este modo parecía que en la vida había visto doce billetes juntos.

Quisieron enredarme para otra tirada, pero terció Tochano y dijo que nones. Ya le dije luego que me había puesto en evidencia como si yo fuera panoli. El tío se mosqueó. ¡Anda y que le zurzan!

La madre se quedó como tolondra al enterarse. Yo no le había dicho nada. A la noche se presentó don Florián. Le pregunté quién se lo había dicho y respondió que en el barrio no se hablaba de otra cosa. Recordó al padre y a punto estuvo de aguar la fiesta. A poco llegó Aquilino y luego Tomasito. Bajé por unas botellas y unos bollos. Después se presentaron Tochano y

Zacarías con dos botellas más y la Amparo y Melecio con los chiquillos. Pasé recado a Crescencio, sacamos unas mesas a la azotea y armamos la de Dios. Anduvimos hasta las tantas haciendo el zángano. Aún me parece mentira. Hace tres días no había oído hablar de la tirada y hoy soy más popular que el Tato. El señor Moro ha estado tragando quina. La candajo de la Carmina no hacía más que fisgar detrás de la persiana. A las diez se presentó mi hermana con Serafín. Me eché a temblar. Antes de marchar, como me olía, me pidió dinero. Le di cinco barbos y le dije lealmente que no estoy para ayudar sino para que me ayuden. La Modes anda siempre a la que salta. Terminamos la noche de folclore en el bar de Polo.

18 junio, jueves

El periódico trae mi fotografía y una reseña de la tirada. Dice que mi triunfo fue una revelación y que «con un estilo de furtivo, improvisado y ramplón, vencí a las mejores escopetas del país». ¡No te giba! Estos periodistas son la oca. No saben elogiar sin ofender. Tochano quería ir a pedir explicaciones. ¡Anda y que les den morcilla! Don Basilio subió esta mañana a felicitar a la madre. En la calle todo el mundo tiene algo que decirme. Anita iba hoy conmigo más orgullosa que un ocho. En cambio a Fermín no le duelen penas. En cuanto llegué esta tarde me dio un repaso. Yo le dije que no todos los días se ganan doce billetes. Él dijo que ni el gordo de Navidad le privaría a él de acudir puntual al trabajo. Me atociné y le planté que eso va en temperamentos. Luego cambió de conversación y me dijo que sospecha que Manolo no entrega todo lo que saca a la comandita. Le pregunté en qué se basa y dijo que en los ingresos de otros años por estas fechas y en las liquidaciones de los demás. Le dije que lo dejara de mi cuenta. Si eso es cierto lo voy a saber a escape.

Tochano se compró hoy una radio con las tres mil. Zacarías me propuso subir al páramo a cazar codornices con red. No tengo pepita en la lengua y le dije lealmente que me parecía una traición. Él dijo entonces que sólo por el gusto de atraparlas y luego las soltaría. Le dije que en ese caso, bien. A la madre le dio otra vez el telele esta noche. Se me hace que cuando se pone así se le vuelve un poco un ojo.

20 junio, sábado

Un día con otro los exámenes me dejan cinco barbos líquidos. De fijo el que aprueba el Francés o el Alemán no me deja con las manos vacías. A cada aprobado de estos que canto suena una ovación. En cambio, no faltan todo el tiempo chavalas llorando por los rincones. Es la vida.

Le propuse a Melecio ir al cine esta tarde y aceptó. Le dije que diera a Manolo una peseta marcada con una cruz. A la hora de rendir cuentas, Manolo no entregó la pela marcada y Fermín le preguntó por ella. El cínico de él contestó que no le habían dado ninguna. Entonces llamé a Melecio, que se había aguardado a intención. El cabo le obligó a Manolo a sacar la cartera y allí tenía la pela de la cruz. Fermín le llamó una cosa gorda y dijo que en lo sucesivo podía campar por sus respetos. Manolo andaba acobardado y salió con que en casa había mucha necesidad, pero Fermín, que es un águila, le soltó que si se creía que no sabía que cada tarde tenía una partida interesada en el París. Manolo lloriqueó que no era interesada y el cabo dijo que echando por bajo cambiaban cinco duros de mano todos los días. Manolo se largó con las orejas gachas.

En la primera quincena de agosto tenemos permiso. Le pregunté a Fermín si no podía cambiarla por la segunda, pensando en la codorniz, pero me dijo que nones. ¡Esto no es vida!

23 junio, martes

Terminaron los exámenes. He echado cuentas: 473,65 líquidas, que no está mal.

Esta mañana visité a Aquilino en la Residencia de Suboficiales. El hombre anda reventado con un ataque de ciática. Qué cosa será que en la cama todavía parece más grande. Mañana le trasladarán al Hospital Militar.

Al atardecer subí al páramo con Zacarías y la fiesta terminó a bofetadas. El marrajo prometió soltar los pájaros, pero a última hora, como me olía, me hizo la trastada. Es un granuja. Al principio todo fue bien. Nos escondimos entre los surcos, tendió la red sobre las espigas y atrajo a los bichos con el pito. En cuanto que se arrimaba una, el tío se levantaba como una centella y el pájaro, al arrancar, se enredaba en la red. Así hicimos hasta siete. A la luz de la luna aún agarramos dos. Hacía un poco de viento que combaba las cañas de las espigas y el movimiento del campo parecía el mar. Estaba hermosa la noche. Al acercarnos a las burras los grillos aturdían. Como no hacía intención, le recordé a Zacarías que había prometido soltar los pájaros, pero él se echó a reír y uno a uno los fue sacando de la sera y dándoles una dentellada en la nuca. Los animalitos morían sin un temblor. Me entró tal coraje que, sin más, le di una guantada, él contestó y terminamos a golpes en medio la carretera. Al fin le sujeté y le dije que si intentaba algo le partía el espinazo. Él dijo que asunto liquidado y fui yo entonces y tiré las codornices muertas en medio de los trigos. En el cielo había una luna roja como una sandía. Agarré la burra y me largué sin esperarle. Dice Melecio que conociendo a Zacarías nunca debí llegar a esos extremos. Un pronto lo tiene cualquiera, digo yo.

2 julio, jueves

Tropecé esta mañana en la calle con don Adolfo, el presidente de la Sociedad de Cazadores. Me felicitó por lo del pichón y luego me preguntó cómo llevaba la veda. Le respondí lealmente que con resignación, ya que no había otro sistema. Dijo él entonces que otros la llevan matando al margen de la ley. Le pregunté si no era posible terminar de una vez con esa canalla. Él respondió que se hace lo que se puede. Luego hizo números y dijo que calcula en cuatro mil las perdices que de mayo acá se han matado en la provincia con el reclamo. ¡Gibar! Así es que luego sale uno con la ley y no hace más que dar patadas a lo bobo.

El sol es fuego. A mediodía la Paula dio a luz un chaval muerto. Fui para allá, pero en la papeleta decía que no reciben. A Melecio le ocurrió lo propio. Anduvimos discutiendo sobre si deberíamos insistir. Me giban esos prontos de Tochano, la verdad. Melecio dice que no habiendo entierro no procede otra cosa. En fin, quedamos en dejarlo para el domingo.

5 julio, domingo

Estuvimos donde Tochano. En el gabinete nos quedamos los tres mirándonos como pasmados. Melecio, por decir algo, dijo que tenía entendido que entró poca codorniz este año. Dijo Tochano que, por su parte, podían morirse todas. Para quitar hierro tercié y dije que la liebre, en cambio, había criado bien. Tochano dijo que se alegraba por los ricos que disponían de coto. Melecio le atajó que si no fuese por los cotos, de qué íbamos a matar nosotros liebres en

Castilla. Se armó debate y Tochano se puso terco e insistió que los cotos eran un privilegio de mierda. Le dije yo que quitara las tablillas a lo de Muro, a ver qué liebres cazaba él en los bacillares de Herrera. Voceábamos tanto que entró la madre de Tochano y dijo que molestábamos a la Paula. Entonces Melecio se levantó y le dijo a Tochano entre dientes algo del chaval. A Tochano se le hinchó una vena negra en la frente y dijo que de este asunto ni una palabra.

Luego se volvió a mí y me preguntó si era cierto que me había sacudido con Zacarías por un qué. Le respondí que sí y él dijo entonces que anduviera al quite porque Zacarías estaba caliente aún.

Tenía la tarde libre y di un paseo en barca con Anita. De regreso intenté besarla, pero ella me dijo con muchos humos que apartara el brazo si no quería que me soltase una guantada.

A las doce no corría una gota de viento. La casa está como un horno. A la madre le volvió el mareo. Cuando se acostó tenía el ojo vuelto del todo. Digo yo si serán los nervios.

8 julio, miércoles

Hubo carta de la Veva. Dice que el chavea es un golfo, pero que mi hermano es ciego por él. Nos dice que callemos la boca porque Tino no sabe que nos escribe. Por lo visto ella sigue con los dolores y el médico ha determinado operarla para el otoño.

10 julio, viernes

En la vida hay días torcidos y de nada sirve que nos esforcemos en variar su mala disposición. Uno piensa, luego que la desgracia sucede, que una palabra hubiera bastado para cambiar el destino, pero esa palabra, a cosa pasada, no es más que un nuevo dolor. Cuando a uno se le va una perdiz a postura de perro, se dice que hubiese sido suficiente con reportarse para bajarla, pero eso se piensa después de que no se ha bajado y es ya tarde para enmendar la torpeza. Lo mismo sucede con las desgracias. Y uno se desespera y se da cuenta entonces de que cualquier tipo de la calle no es más que un mandado en la Tierra y que no basta tener en la cartera un buen fajo para determinar esto hago y esto no hago. Uno no sabe más que lo que quiere hacer y lo que no quiere hacer; lo que luego vaya en realidad a hacer o deshacer sólo el Señor lo sabe. Y uno, después que las cosas pasan, se queda como tolondro y se da cuenta de que aunque presuma de estar de vuelta, en el fondo no es más que un buñolero.

Ayer se ahogó el Mele. Melecio llegó a preguntarme por el chico cuando me sentaba a comer. Le dije que no sabía una palabra y nos largamos juntos. El sol era un infierno. Anduvimos corriendo calles hasta las cinco y luego bajamos hasta el río por los merenderos. Uno estaba diciendo en ese momento que se veía algo como un ahogado. Agarramos una barca y, según remaba, yo le pedía a Dios que no fuera el Mele, pero sí era. El chavea parecía talmente de cristal. Me dio por temblar según le subía Melecio a la barca. Luego se quitó la americana y le envolvió en ella. Hablaba solo, como los locos, y dijo que no quería que le robaran al chico para encerrarle en el depósito como un perro. Cuando llegamos a casa, la Amparo se arrancó a llorar a gritos. Yo estaba tolondro, igual que cuando sueño con perdices y el tiro no sale. Me fui escapado donde don Florián y, al regreso, la Amparo le había puesto al crío la marinera y le había lavado y peinado. La niña dijo que el Mele se había dormido, y, ciertamente, estaba tal cual el angelito sobre la colcha. La Amparo rompió a gritar al ver a don Florián. Melecio se sentó en una silla y miraba la pared de enfrente sin dejarlo. El cura le cogió por los hombros y le sacó fuera y le estuvo hablando en voz baja todo el tiempo y Melecio decía que sí con la cabeza. Entonces empezó a aullar la Doly en el corral. Digo yo si olería el cadáver. Mandé recado a la madre, a Serafín, a Tochano y a Zacarías, y, entre tanto, fueron llegando las vecinas y todas se arrimaban a la cama a besar al chiquillo. Hemos pasado la noche con Melecio. De madrugada le hicieron la autopsia al crío. La Amparo se puso loca. Melecio sigue como en la higuera. Con ese temperamento que tiene, esta desgracia ha de afectarle. Al tiempo. A las cinco salió el entierro. Detrás mío iban formados los chavalillos de la escuela 2 con el maestro y el estandarte. Cerca de la parroquia nos alcanzó la Doly, jadeando, con la lengua fuera. El animal se colocó junto a la carroza y andaba con las patas como encogidas, aullando lastimeramente. Daba congoja el verla. Cuando don Florián rezó el responso frente a la parroquia, la perra, como si se diera cuenta, calló la boca. Luego, en el cementerio, se tumbó junto a la cruz y lloraba como una persona. El cura del camposanto dijo que retiráramos al animal, y Zacarías, sin pensarlo, le dio una patada. Melecio se puso loco. Le calmé y le dije a la perra que se largase y ella se largó, pero aún la sentíamos aullar desde la puerta. Al acabar, Zacarías se me acercó y me dijo que mal año. Le di la mano y todo arreglado. Tochano no ha aparecido vivo ni muerto. Estoy como si me hubieran dado una paliza. Me duelen los huesos y tengo dentro una tristeza que para qué.

13 julio, lunes

Melecio sigue sin abrir la boca. El hombre parece una estatua. Nada reza con él. Se pasa el santo día en el taburete acariciando la cabeza de la perra. Ya le digo que llore, pero el chalado aguanta, y el dolor le come por dentro. En cambio, la Amparo anda ya más resignada. Hoy estuvo allí don Florián y le dijo a Melecio que efectivamente es una dura prueba la que le envía el Señor, pero que otros pasaron por ella antes que él. Melecio dice que sí, pero sigue lo mismo. Me da miedo el temperamento de este hombre, la verdad.

17 julio, viernes

Pasé la tarde donde Melecio. Parece algo más animado, aunque no acierta a explicar lo que le pasa. Dice que a veces se siente como si también él estuviese muerto. Don Basilio me había dicho que a las cuatro vendrían los pintores, pero hasta las seis no se presentaron. Estuvo también el electricista a colocar un tubo fluorescente en el tablón de anuncios. Los pintores empezaron por los retretes, y el maestro me preguntó quién era Pérez. Le dije que el profesor de Francés, y que acababa de casarse y él se echó a reír y dijo que cualquiera lo diría

Manolo anduvo rodándome esta tarde y no se quedó a gusto hasta que me soltó que quiere volver a la comandita. Se lo indiqué a Fermín y dijo que bueno si se avenía a no ver un céntimo en la primera semana. En contra de lo que esperaba, Manolo aceptó.

21 julio, martes

Hoy bajé al río a darme un chapuzón. Están poniéndolo bien con eso de la playa artificial. El sol es fuego y la casa está imposible. La madre y yo dormimos con las ventanas abiertas y comunicadas, pero ni aun así. Cada tren que pasa es un susto y a la madrugada, con los vencejos, no se puede parar. Pero menos malo es esto que ahogarse. El chaval de Crescencio lleva unos días durmiendo en la azotea, sobre un jergón, y cada mañana se levanta con la cara perdida de carbonilla.

Anoche vino por casa Aquilino. Renquea un poco de la pierna izquierda, pero está muy mejorado.

La madre volvió a enzarzarse esta tarde con la Carmina. Por lo visto había desaparecido una prenda del tendedero. Pregunté a la madre que qué prenda y me dijo que no sabía, pero que contó diecinueve al tenderlas esta mañana y al recogerlas no había más que dieciocho. Le dije a la Carmina con toda mi santa paciencia que hasta cuándo iba a durar esto, y me contestó que ella no tiene la culpa de que la vieja esté chocha. La madre la llamó basura y dijo que peor era que a una le faltase la vergüenza. Entonces le dijo la Carmina que no le daba una guantada por no ensuciarse la mano. Le advertí que hasta ahí podíamos llegar. A la noche pasó la mujer de Crescencio con una camisa mía y preguntó a la madre si era esa la prenda que faltaba. La madre le preguntó dónde la había encontrado, y resulta que su chica la cogió por equivocación esta mañana. Le recordé a la madre que no quiero cuestiones con las hijas del señor Moro, aunque ya sé que es como hablarle a la luna.

3 agosto, lunes

Sigue el calor achicharrante. Las noches son imposibles. Esta tarde rompió aguas la Modes.

La madre se fue para allá. Anoche no lo pude resistir y me tumbé a dormir en la azotea. El 16 se abre la veda de la codorniz.

4 agosto, martes

La Modes tuvo mellizos: chico y chica. El torda de mi cuñado dice que mejor, que así es como si no se le hubiera muerto ninguno. Le hice ver que ninguno se le había muerto, y él, entonces, recordó a Pío. Le convidé a un vaso y en lo que yo bebí uno, se metió él media botella. Le recordé su promesa cuando lo de la Titina, pero él guiñó un ojo y dijo que esas promesas las hace uno cuando está agobiado y que el Señor no las toma en cuenta. ¡Valiente zascandil!

12 agosto, miércoles

Llevo dos noches soñando con perdices. La de siempre. Las persigo por la alcoba, y cuando aprieto el gatillo los tiros salen follones y ellas se escurren por debajo de la puerta. ¡Malditas zorras!

En la calle encontré a Tomasito. Acababa de regresar de Carrascalejo y dice que hay allí una nube de perdices. Me preguntó si tenía compromiso para el día de la Virgen y le dije que estaba ocupado. No sabía lo de acomodador. Dice que para él el domingo es sagrado, y que no aguantaría eso aunque le pagasen en oro. Razón no le falta. Luego le pregunté dónde iría y él me dijo que a Villatorán. Me decidí a acompañarle para volver a las cuatro. Quedamos en encontrarnos en la Plaza a las seis de la mañana.

14 agosto, viernes

Melecio no está de humor para acompañarnos. Lo comprendo. Hoy besé a Anita por segunda vez. ¡Madre, qué boca! Cuando la pruebo me olvido hasta de mi nombre. En casa he andado preparando los trebejos como tolondro. No tengo ni pinta de sueño. La Doly pasó la noche en la azotea. Sentí el exprés de Galicia.

15 agosto, sábado

A las seis de la mañana ya olía la resina en la carretera. Eso quiere decir calor. Estos olores tienen que ser saludables, por lo menos es el olor de los sanatorios. La Doly no se portó mal a la ida; pero a la vuelta, ya que yo traía poco encima, me la jugó. En Villatorán empezamos con las pajas, pero se hicieron las doce y no habíamos bajado más que una pareja. La primera la caí yo, y a la segunda le tiramos al tiempo, como la perdiz aquella de Villalba, pero Tomasito voceó «¡mía!» y no quise armar gresca. Por dos veces me dio Tomasito con la boca de los caños en la barriga, y cuando le dije que tuviera precaución me salió con que estaba en el seguro. ¡No te giba! Después de comer quise venirme, pero él me animó a manear antes unas remolachas. Y lo que pasa. Meterse la Doly y pegarle los vientos fue todo uno. Nos colocamos uno a cada lado de la perra, y cuando la tía se arrancó tiramos los dos, y Tomasito volvió a vocear «¡mía!». Me gibó ya tanta frescura y le dije que a santo de qué suya. Él respondió que mi tiro marchó alto y que él, en cambio, andaba con la chorrina. Me cabreé y le dije que tirase sólo las de su lado o me largaba con la perra. Él dijo que bueno, que lo que deseaba era tener la fiesta en paz. Hice un doblete junto a un almorrón, se me calentó la sangre y decidí fumarme el cine. Caímos cuatro más en la remolacha, y yo bajé una tórtola junto al arroyo. Al regresar donde las burras, la Doly se puso como un garrote junto a un montón de piedras. Saltó una media liebre y tiramos los dos a tenazón. El ansioso voceó otra vez «¡mía!», pero me planté y le dije de malos modos que esa liebre la había quedado yo como me llamo Lorenzo. Se puso burro y dijo que mi tiro había quedado corto y que llevaba quince años cazando y nunca le había ocurrido que le discutiera nadie una pieza. Me puso de tal café que ni le miré a la cara siquiera. Llamé a la perra, agarré la bicicleta y a casa. Para acabar de arreglarlo me tropecé con Fermín frente a lo de Creus. El zorro de él me vio, aunque calló la boca. A la madre le dije que había pinchado tres veces.

16 agosto, domingo

Como esperaba, Fermín me dio un repaso y dijo que a la próxima me aguardaba. Ni sé todavía cómo aguanté y no le tiré el cargo a la cara. Le tengo dicho que no me gusta que me voceen y que todas las cosas se pueden decir con educación, pero él que si quieres; lo mismo que si tratase con una caballería.

Estuve con Anita en la Cerve. No perdimos baile. Cada día me pone más negro la chavalina esta.

19 agosto, miércoles

Hoy conseguí llevar a Melecio al café. El hombre se distrajo. Zacarías y Tochano hicieron el domingo tres liebres y dos perdices junto a lo de Muro. Al marchar le dije a Melecio si contaba con él para subir el viernes, que descanso, a lo de Ortega. Me dijo que no, claro, por la sierra. No podemos ponernos de acuerdo. El día que él descansa, trabajo yo. Verdaderamente esto no es vida.

21 agosto, viernes

Subí a lo de Ortega solo, con la Doly. Pasé un día tranquilo. La perrina trabajó bien la huerta. Ciertamente ha hecho muchos progresos. A la tarde la metí en un perdido de escobillas y avena loca. Todo el tiempo se levantaban bandos de carracos y el animal andaba negro. Junto a un romero se arrancó una perdiz y no tuve valor para dejarla escapar. Cuando me agaché a cobrarla, volaron media docena de igualones. ¡La madre que los echó! Con la perdiz hice once codornices. Marré un solo tiro, por precipitado.

25 agosto, martes

Tochano y Zacarías estuvieron anteayer en Quintanilla. Dicen que en las pajas nada, pero en la ladera hicieron siete perdices. Cuando quieran abrir la general no va a quedar una para muestra.

Colé hoy a Serafín con la Modes y los chicos. Fermín me dijo a la salida con recochineo que otro día avise para no abrir la taquilla. Le di una mala contestación. Cada día estoy más decidido a dejar esto. No va con mi temperamento. Lo malo del caso es la madre. ¿Cómo le doy yo ahora este disgusto?

30 agosto, domingo

Esta tarde me decidí. Melecio salió con Tochano al campo y yo me quedé en casita. A la hora de comer le dije a la madre que lo del cine no me peta; que es justamente un oficio de perros. Ella dijo que lo comprendía, pero que no puede vivir sin esos ingresos. Yo le dije que sería más feliz comiendo pan a secas que con pichones a diario y en esta esclavitud de ahora. Me salió con que no me di cuenta de que era un esclavo hasta que empezó la caza. Todo puede ser. El caso es que lo del cine me giba y no pienso seguir así. Ella me preguntó por qué pensaba sustituirlo y le respondí lealmente que aún no había pensado en ello, pero que no faltan sitios donde ganar cuatro cuartos teniendo voluntad de trabajar. Por la noche, sin más, le dije a Fermín que me buscara sustituto. Me preguntó con guasa si me había caído el gordo y dije que a lo mejor. ¡No te giba, el panoli este!

31 agosto, lunes

De madrugada agarré la burra y me llegué a San Miguel. No quería más que darme cuenta de que soy libre. Sentado en un teso estuve viendo volar a los abejarucos y luego bajé hasta el río y me tumbé en la hierba entre los mimbrerales y los tomates silvestres. Las tórtolas se arrullaban y, de vez en cuando, una atravesaba el río como un rayo. Entre los sauces correteaban las ratas de agua. Dicen que hay nutrias aquí. No sé, no sé. Sin darme cuenta me quedé dormido. Me despertó una urraca rebullendo entre los tamarindos. En cuanto que moví un dedo, la tía se largó. De regreso hice un tiro larguísimo a una torcaz. Cayó sobre una zarzamora y sudé tinta para encontrarla. Ya en casita me tumbé una siesta hasta las ocho. Esto es vivir.

4 septiembre, viernes

Estuve donde don Rodrigo a decirle que he dejado lo del cine. El hombre no dijo ni palabra. Le pregunté por sus clases y me contestó que iba tirando con tres alumnos. Me entregó un montón de apuntes, a ver si entre septiembre y octubre puedo colocarlos. Al marchar me dijo que tiene un chico en cama y que parece que la cosa va para largo.

Anita se puso loca cuando le comuniqué que ya no tendría necesidad de dejar de bailar a las nueve y cuarto. Aproveché para decirle que cuando un hombre honrado se enamora de una mujer honrada y no hay obstáculos por medio, la inmediata es casarse. Le faltó tiempo para decirme que de ese asunto ni hablar por ahora. Toda la razón que me dio es que tiene diecinueve años y a esa edad ninguna mujer piensa en sacrificarse. ¡No te giba! Ya le dije que no creía que hablase por ella. Me respondió que si la creía una idiota o qué. Como si no la oyera, le planté que las Mimis no tenían por qué saber lo que era la vida de casada, puesto que las dos son solteras. Ella salió entonces con que las Mimis llevan veinte años peinando a casadas, y una peluquería es como un confesonario. Me gibó la salida y le solté una barbaridad. Se puso negra y me dijo a voces que me largara. Antes le dije que estaba cansado de hacer el memo y que la aguante su madre, que era su obligación. Me fui donde Melecio, y le conté la historia de pe a pa. Él se reía y dijo que efectivamente el separar a la novia de las amigas es un renglón. Cuando se me pasó el sofoco, Melecio me hizo salir al corral, prendió un fósforo y dijo que me asomara. Junto a la portilla estaba la Doly acostada en las pajas y ocho cachorros a la greña por la teta. Melecio a lo primero sonreía, pero luego se puso murrio y dijo que el Mele le preguntaba todo el tiempo cuándo iba a tener cachorros la perra. Luego me dijo que piensa ahogarlos a todos menos uno que le ha pedido Tochano. No lo pensé más. Agarré una perrilla moteada y me la traje para casa. La llamaré Zeta. Hace años que tengo capricho por una perra con este nombre. De momento parece que tiene casta. Veremos. La madre me puso jeta en cuanto le mostré el animal.

6 septiembre, domingo

Subimos esta mañana a los meandros de Villavieja, el bebedero de tórtolas. Pensamos en ir a lo de Aniago, a la codorniz, pero la perra no está aún en condiciones, y codorniz sin perro es tiempo perdido. Nunca había estado en los meandros de Villavieja, pero es un verdadero espectáculo. El río se ensancha allí y corre el agua tan mansa que parece un lago. En la ribera crecen olmos y alisos gigantescos y los tamarindos están tan prietos que apenas si entra el sol. Las tórtolas y las palomas bajan a beber a la isllla de arena que se forma en el centro del río. Según Melecio, en el otoño, la isla se la lleva la trampa y el agua corre a ciento por hora entre el follaje. A poco de llegar empezó el bureo. Cruzó un martín pescador como una centella, le solté los dos tiros, pero ni le toqué. El condenado llevaba un pececillo en el pico. Luego sentí el aleteo de una torcaz y la tía se fue a posar justamente en la punta de un aliso, frente a mi puesto. Aguardé con mi santa paciencia, y cuando se tiró a beber a la isla la sacudí en forma. La zorra de ella no dijo ni pío. En seguida empezaron a bajar las tórtolas. Era mediodía y el sol arriba debía apretar de firme. A la hora de comer había hecho tres, y Melecio dos. Nos descalzamos para cobrarlas. Melecio empezó a enredar y acabamos dándonos un baño. Luego subimos fuera del cauce a secar la ropa. Por la tarde hicimos otras nueve y una oropéndola. De regreso echamos un vaso en el merendero de Eliecer. Fue entonces que me dijo Melecio que la Amparo está embarazada, que cuando lo del Mele había dudas, pero que ahora se ha confirmado. Me alegró la novedad y le deseé que fuese un chicote como el Mele. Puso una cara rara y me dijo que cómo como el Mele, que es el mismo Mele que vuelve. Callé la boca para no llevarle la contraria. Desde lo del chico, Melecio tiene algo en la cabeza.

8 septiembre, martes

Empezaron los exámenes. El Pavo me pidió que le echara una mano en Francés. Ya le dije que no hay trato, pero que vería la manera de entrarle. Saqué a relucir el monte, pero el marrajo calló la boca. El domingo se abre la general. Parece que iremos a lo de Villalba.

12 septiembre, sábado

Hoy dice el periódico que la veda no se alza mañana, sino el 27. ¡Está bueno eso! Por lo visto no hubo hasta ahora momento de anunciarlo. En este país la gente se los pisa, vamos. Yo me pregunto lo que habrán dicho los bilbaínos que llegaron anoche donde Polo. Les han hecho la santísima. Tochano quería reclamar una indemnización y todo. Estuve recargando con Melecio y le propuse subir a lo de Aniago, a la codorniz. Le petó la cosa y quedé en pasar por su casa a las siete con la misa oída.

De Anita ni una palabra.

22 septiembre, martes

Tropecé esta mañana con don Rodrigo en la Sala de Profesores. Por lo visto el chico así anda, y de las clases nada. La de Alemán le chapodó los tres alumnos y, con tan feliz circunstancia, puede dar el ensayo por liquidado. Le encontré un temblor raro en las manos y se lo dije. Dice que es del tabaco.

Por la tarde se hicieron los escritos de Reválida. Esta noche cerré balance: 306,70 líquidas.

Treinta y cinco duros menos que en junio. No sé dónde vamos a llegar.

25 septiembre, viernes

¡Veinte días sin saber de Anita! A terca no hay quien la gane. De sobra sabe el número del Centro, pero no. He de ser yo quien la hinque. ¡Pues no me da la gana, vaya!

27 septiembre, domingo

El primo de Zacarías nos esperaba a la entrada del pueblo con el camión del panadero. A las nueve ya andábamos ojeando. No sé si lo cogimos mal, pero lo cierto es que a mediodía no habíamos hecho más que cambiar la bota de mano siete veces. Ni tiramos ni vimos caza. El primo de Zacarías propuso manear los majuelos para meter la perdiz en el monte. Efectivamente, levantamos la biblia, pero todo largo. Por la tarde volvimos a ojear el monte y en el primer ganchito los ojeadores se salieron de línea. El primo de Zacarías echaba las muelas. El panadero se cabreó, agarró el camión y se largó al pueblo. Estábamos todos de un café que para qué. El primo de Zacarías organizó entonces la mano para cazar la parte izquierda del monte. Yo llevaba a la vera a Tochano y le oía jurar. Al poco rato, el Sol empezó a levantar perdices en París. Le dije a Tochano lealmente que sujetase al animal si es que quería disparar la escopeta, pero el Sol estaba caliente y no atendía a razones. Los otros empezaron a tirar en forma. Le insistí a Tochano que mientras el Sol siguiera alargándose no había nada que hacer. Entonces Tochano, sin más, se echó la escopeta a la cara y soltó los dos tiros. Los aullidos del animal se oían en Pekín. Al acercarnos, Tochano iba diciendo de mala uva que «mucha guasita, y en cuanto le tocan, a llorar como un condenado». El Sol tenía el ojo izquierdo colgando y se había acostado en unas escobas. El bicho sangraba como una chota, pero lo que son las cosas, con el ojo sano miraba a Tochano con cariño. Tochano, al verle así, se puso a jurar y a decir que uno tira a una perdiz a esa distancia y ni la toca, y tira a un animal de veinte kilos sin ánimo de perjudicarle y le deja en el sitio. Vinieron todos, y Zacarías sólo dijo «¡pobre animal!», pero Tochano se echó a él como si hubiera mentado a su madre. El primo de Zacarías le aconsejó que le rematara, y Tochano, sin decir palabra, metió un cartucho de cuarta en el tubo izquierdo, se apartó tres metros y disparó. Luego volvió a cargar tranquilamente y dijo que a ver si era posible que tirase una perdiz en toda la tarde. El cielo estaba entoldado y yo me puse murrio. Llevaba metido en los oídos el murmullo de la sangre del Sol al extenderse por las escobas. Caí dos perdices casi en la linde, pero como si nada. Tocamos a perdiz por barba. Tal como iba, con escopeta y todo, subí donde don Rodrigo y le di la mía para el chico. El hombre no quería aceptarla y según bajaba se asomaba con ella al hueco de la escalera como si fuera a tirármela encima. ¡No te giba!

7 octubre, miércoles

Le llevé a don Florián la Zeta, pues la madre no puede parar con ella. En cuanto uno la deja en el suelo, a mearse por la pata abajo. ¡Qué cosas!

Pasé un rato con él en la rectoría. El hombre anda medianete; está demasiado fuerte. Me preguntó por la caza y me dijo que él tiene que conformarse con arrimarse a las tapias del cementerio a oír cantar las codornices. Hay que ver, con lo que ha sido este hombre. Mentira parece. Dice que ésa es la vida y que uno cuando sirve para todo no piensa en el día que no servirá para nada, y que cuando llega el día en que no sirve para nada no tarda en acostumbrarse a estar mano sobre mano. Le conté lo de Tochano y se cabreó. Dice que el hombre que mata a sangre fría a su perro es capaz de matar otro día a su padre por un qué. Yo no lo veo así, pero el hombre estaba tan quemado que callé la boca. Hablamos luego de la cuestión pesetas y me preguntó si me importaría cobrar recibos. Le dije lealmente que no siendo a horas fijas contara conmigo. Mañana empezaré con los del Secretariado de Caridad y para la semana que viene me ha prometido los del Colegio de Médicos. Ya me iba a largar cuando le dije lo de Anita, que cabalmente era a lo que iba. Me preguntó si había tratado de convencerla y le respondí lealmente que cada día, pero que la panoli está influida por dos elementos de cuidado. Acabó por decirme que cualquier día que venga a pelo la pase por allí.

Vi a Tomasito esta noche en la Plaza, y cuando iba a saludarle volvió la cara. ¡Anda y que te zurzan!

9 octubre, viernes

A los cinco días de curso, lo mismo que si no hubiera habido vacaciones. ¡Qué barbaridad, cómo pasa el tiempo! Esta mañana me recordó el de Francés que le dé la hora a las menos diez; su mujer, a las menos cinco; don Basilio, a las menos siete, y don Rafael, a las menos cuarto. Todo igual para no variar. El Pavo aprobó el Francés de chamba. Me dio las gracias y yo me dejé querer.

En sólo esta mañana coloqué veintidós apuntes de don Rodrigo. A la tarde le llevé el importe y me dio una copa.

A las ocho no lo pude aguantar más y me fui donde Anita. La panoli saltó como si no me conociese. Me puse a su lado y le dije lealmente si merecía tanto castigo un hombre por querer casarse con ella como Dios manda. Dijo que de sobra sabía que no era por eso, y yo le pregunté que si por lo de las Mimis entonces. Fui a cogerle una mano y ella me dijo que nanay, mientras no hiciera lo que debía. Le pedí disculpas y ella dijo entonces que daba el asunto por liquidado. Lo hemos pasado en grande. Estuvimos en el Guinea echando unos dados. Luego, en el portal se me hace a mí que ponía cara. ¿Qui lo sa? Sentí el exprés de Galicia.

14 octubre, miércoles

Me avisó el maestro de Villagina que están concluyendo la vendimia y, a la tarde, me agarré la burra y me fui para allá. Si aguardo dos días, las ovejas se meten en los bacillares y cosa perdida. El campo, a pesar del buen tiempo, ya va para abajo. Los chopos de la carretera se deshojan y las huertas de Villavieja amarillean. Nada más apearme me recomendó un tipo que anduviera al quite, porque el pregonero del pueblo había anunciado que merodeaba por allí un perro rabioso. Le pregunté si sabía las señas y me dijo que era negro, rabón, como de diez kilos de peso. Añadió que el alcalde había prometido una recompensa a quien lo despachase. No me preocupó el asunto, pero apenas me metí en el pinar, un tazado que andaba a la miera me vino con el mismo cuento. Luego me lo volvió a repetir una cuadrilla que estaba escavanando. Me llegué a los majuelos y me puse a manearlos con calma. La Doly estaba alegre y cazaba a la mano, pero hizo dos muestras en falso y otra a un engañapastor. ¡No aprenderá nunca la condenada! En un barco caí un lebrato que venía levantado de sabe Dios dónde. Después me tiré dos horas pateando el bacillar sin resultado. Vi un bando de perdices en Pekín. También vi un zorro manco gazapeando a un kilómetro, en una pimpollada. De regreso, me topé con un perro negro, acostado junto a las ruinas del transformador. La Doly empezó a gruñir y se le pusieron de punta los pelos del espinazo. La llamé y me acerqué al paredón con tiento. El animal se incorporó con las orejas gachas y ciertamente me miraba torcido. Era rabón, de pequeño tamaño y me gibaba liquidarlo, pero en cuanto se arrancó, me armé y lo tendí de un tiro. Subí al pueblo en la bicicleta y le planté al cabo que acababa de matar un perro negro, rabón, como de diez kilos de peso. Él andaba de cháchara y no me hizo mucho caso. Se lo volví a repetir y él dijo entonces que si andaba sin dueño hice muy bien, y que no me preocupase, y que arreando. Le pregunté por el pregón y él dijo que algo decían de eso, pero que lo mejor era que enterrase cuanto antes al animal para evitar infecciones. Me volvió la espalda y yo entonces me metí en el estanco y pregunté por el alcalde. Una tía gorda me dijo que estaba en la ciudad. Le pregunté por el pregonero y me dijo que andaba a la vendimia. Ya cansado dije que esperaría, pero la tía gorda me salió entonces con que dormía en el campo mientras no concluyese la recolección. Ya de mala uva la pregunté si es que no habían dado un pregón sobre un perro rabioso, prometiendo una recompensa a quien lo despachase. La gorda parecía tolondra y me salió con que eso decían. Me puso negro, me agarré la burra y me vine para casa. En el pinar encontré a un pastor que regresaba al pueblo y me preguntó si había visto por casualidad un perro negro, rabón, como de diez kilos de peso. Me paré y él dijo entonces que llevaba diez años a su lado y en un descuido se le largó a beber a la acequia y no regresó. Le indiqué que tal vez se hubiera ahogado, pero él dijo que no porque nadaba mejor que un pez, y que si algún malnacido le había hecho daño, no le importaba terminar sus días en la cárcel. Llegué a casa de mal café. Por si faltase algo, a la madre le volvió el telele esta noche.

20 octubre, martes

Llevo unos días con pesadillas. Sin ir más lejos, anoche soñé que mataba a tiros a un perro rabioso, y cuando me llegué donde él resultó que era un pastor. Tomasito me conducía de las orejas donde el cabo, y el cabo, al vernos, rompió a reír y le dijo a Tomasito que los dos éramos responsables, puesto que el pastor tenía dos tiros. Me desperté medio ahogado. Por la tarde estuve cobrando unos recibos. Pero no pasa día sin que recuerde al perro negro de Villagina. Deben de ser los remordimientos.

Zacarías llevó la noticia al café de que la mixomatosis también ataca a las liebres. ¡La hemos pringado! Asegura que aunque las autoridades dicen que aquí no, él sabe de buena tinta que de la parte de Aragón se han dado ya varios casos.

Había pensado ir con la Anita donde don Florián, pero a última hora desistí. La mujer esta a lo mejor se incomoda. ¡Cualquiera sabe!

28 octubre, miércoles

Pasé la tarde en casa de Melecio. Estaba fuera y me recibió la Amparo. La Amparín andaba en la cocina trasteando con un gazapo. Estuve un rato de palique con la Amparo y de repente se puso a llorar y salió con que tenía miedo. Ya le dije que ella siempre daba a luz bien y que esta vez además estaba poco abultada. Me dijo muy orgullosa que el médico le dice que tiene en el vientre un corsé de músculos muy majo. Luego me contó que Melecio desde lo del chavea anda como trastornado y que ahora dice que el Mele se ha vuelto a meter en el vientre de su madre y que esta vez no le hará tan faldero como la primera. ¡Buena se va a armar si sale chica! Estuve viendo la alcoba que le han preparado al chaval. Es la misma del Mele, pero toda encalada, la camita pintada de azul y las paredes cubiertas de muñecos. La dije lealmente a la Amparo que estaba muy curiosa, y como se me hacía tarde me largué. Dejé recado a Melecio de que antes de las ocho no puedo salir el domingo.

1 noviembre, domingo

Hemos andado en lo de Miranda. Subir a lo de Miranda y desatarse el frío es todo uno. Ha hecho un día perro. Recuerdo que el año pasado nos cogió allí la nieve. Anoche llevé a la madre a ver al Tenorio y me acosté a las tantas. Hoy tenía el pulso alterado y de salida se me fue una perdiz a huevo. De todos modos se me da mal este monte. A la hora de comer, Melecio había hecho una liebre. Armamos lumbre a la abrigada y estuvimos de recordatorios. Salió el Mele a colación, y Melecio anduvo diciendo que no piensa dejar al chico un solo día sin hacer gimnasia, para que no sea canijo de pecho como él, y que le enseñará a tirar con los dos ojos, porque guiñando uno difícilmente se puede ser un maestro. Sentía un frío del demonio y el cielo estaba blanco como la leche. Le di un tiento a la bota y le dije a Melecio que o tirábamos para arriba o me quedaba entumido. La Doly andaba hoy fina de vientos y se ponía loca con los rastros de las perdices. Junto a un escarbadero se desesperaba, porque quería seguir todos los rastros al tiempo. De pronto se quedó tiesa junto a un tomillo, y Melecio me voceó que anduviera al quite. Pisé el tomillo con cuidado, la perra saltó y sentí volar la perdiz. Cuando la encañoné ya noté una cosa rara, pero mientras no la vi en el suelo no me di cuenta de que fuera del pico, los ojos y las patas, que los tiene encarnados, todo lo demás es blanco. Dice Melecio que es una perdiz albina, como la que tienen los

Carmelitas en el Museo. La madre me preguntó si sé lo que vale una perdiz, cuando le dije que pienso disecarla. Le conté a Anita la aventura y la panoli me preguntó que qué era una perdiz albina. La respondí que blanca, y entonces me saltó con que de qué color son las demás. Me giba lo que nadie sabe oírla hablar así, la verdad. A última hora cayeron por la Cerve la Mimi con Faustino y se aguó la fiesta. Tardé en dormirme. Entre sueños sentí el exprés de Galicia.

10 noviembre, martes

Escribe la Veva que el chaval se largó después de limpiarles la cómoda. Le está bien al Tino por confiado. La madre se llevó un berrinchín. Vino la Modes y se fue con ella a la calle. Mi hermana ofrece así un pronto áspero, pero no tiene mal corazón. La madre ha andado toda la tarde como tolondra. Malo será que no la vuelva el telele.

Llevo unos días encandilado. Estar junto a Anita no me basta. Ayer se me antojó besarla y la besé, aunque ella se resistía. Se incomodó y todo lo que se me ocurrió entonces fue agarrarla por los hombros y volverla a besar. Naturalmente tuvimos unas palabras. Dice la mujer que no me entiende a mí ni a ningún hombre, y que somos como bichos. Iba a empezar con explicaciones, pero de nada iban a servir y terminé por decirle que yo no puedo aguantar, y que llevo una temporada que a cada paso me peta abrazarla y besarla y no hay más. La panoli dijo que me comiera las ganas. ¡Qué fácil es decirlo! Aun tuve que llorarle media hora para que no llevara las cosas más lejos.

16 noviembre, lunes

Escribe la Veva. Encontraron al chavea en Guadalajara. No llevaba encima más que trescientas de las dos mil que limpió a Tino. Le han ingresado en el Reformatorio de C...

La perdiz ha quedado majilla. Melecio le puso una peana de aliso y la he colocado sobre el aparador. Hoy subieron Tochano y Zacarías a verla. Zacarías, que todo lo sabe, dice que las perdices se ponen blancas de un susto, y que si la Doly estuvo mucho tiempo sobre ella es fijo que se volvió blanca por eso. Tochano opina que es el clima, y que hay perdices blancas por la misma razón que hay hombres negros. Uno a otro se calentaron los cascos y decidieron subir el domingo a lo de Miranda a ver qué se cuece por allí.

28 noviembre, sábado

Crescencio me comunicó esta mañana que han retirado los obvencionales al personal subalterno. Éramos pocos y parió la abuela. Por lo visto van a centralizarlos para repartirlos sólo entre los catedráticos. Nos han hecho la santísima. Ahora que empezábamos a arreglarnos con lo de los recibos, esto. Razón tiene Melecio, que una casa es como un barco viejo, que cuando se tapa un agujero se abre otro en el lado opuesto. Al terminar las clases nos reunimos con el señor Moro en la Conserjería. Nos enseñó el escrito de Sevilla, donde los subalternos exponen una queja razonada al Ministerio. Traía ya cinco firmas, que con las tres nuestras hacen ocho. En la carta nos dicen que lo remitamos al Centro de Zaragoza. Así lo hicimos.

Ha cambiado el tiempo. La temperatura es muy suave. Sin embargo, pronto se echará el invierno encima, y don Basilio sin hacernos los capotes. A la madre no le dije lo de los obvencionales. Por la tarde estuvo Aquilino ya totalmente repuesto. El vaina nos anunció su boda para mayo. Me preguntó si seguía incomodado por lo de la escopeta. ¡Gibar! Ya le dije que no, pero que visto como andan las cosas tiraré con la que tengo hasta que me muera.

4 diciembre, viernes

Ya sabía yo que acabaría mal con el Pavo. Es un tipo que no distingue y un día le van a quitar la cara de un guantazo. Cuidado que le había advertido, pero el vaina entiende por la bragueta, como los gigantones. Esta mañana me salió con que la churrera está majilla, pero le falta delantera. Le dije que no me hablara así y él entonces se sintió guapo y pasó a lo otro. Se me subió la sangre a la cabeza y le dije que no metiera el cuezo en mis negocios, si no quería salir mal. Ya es la segunda vez que me pasa una cosa así. La otra fue con Tochano. Después de todo, Anita no es una tabla y si tiene mucho o poco ésa es cuestión mía.

Tuvimos reunión con el señor Moro. En Zaragoza y Barcelona han firmado el escrito. De Madrid hay también buenas impresiones. Dice el señor Moro que nada perdemos con exponer a don Basilio nuestra situación. Así lo decidimos y por la tarde fuimos a su casa. Nos recibió bien y nos dijo que entiende que las nuevas normas son provisionales, supuesto que el nuevo régimen está montado sobre la base de protección a los humildes. El señor Moro dijo, y con razón, que en términos generales podía ser así, pero que a nosotros las nuevas normas nos han hecho la santísima. Don Basilio nos prometió que verá de distraer de cualquier partida una cantidad para compensarnos momentáneamente. Don Basilio es un caballero.

8 diciembre, martes

Subí un par de horas a lo de la Diputación. En las tierras había perdices como para parar un tren, pero ni por un descuido aguarda una. Eché ladera arriba, y cuando menos lo esperaba caí un conejo. Había un bando de palomas rondando y me tapé tras unos zarzales. No llevaba diez minutos cuando el bando se me metió en la escopeta, disparé los dos tiros a cascaporrillo y bajé ocho. Las metí en el morral por miedo al dueño del palomar. Desde la loma veía apeonar las perdices por las tierras bajas, siguiendo los surcos. ¡Qué bonitas son las condenadas! Regresé a comer. Mañana no entran ya los chicos en clase y me espera un mes tranquilo.

En el café me dijo Tochano que para el domingo iremos a Aldeachica con los Currinches de ojeadores. Llevan cinco duros y la merienda, pero un día es un día. Me dan miedo los morros de Anita, pero le dije que de acuerdo.

12 diciembre, sábado

Esto ya lo sabía yo. Cuando le comuniqué a la chavala que mañana no podríamos salir porque regresaré tarde del campo, me salió con que estaba harta, y que escogiera entre ella o la escopeta. Insistí en que eran cosas distintas, pero ella dijo que se había hecho a la idea de ir mañana a la Cerve, y que iría a la Cerve aunque tuviera que alquilar un acompañante. Me puso negro y ya embalado le dije cuántas son cinco. Se quedó tan terne y me respondió que aguardaría hasta las siete, y que a esa hora se largaría conmigo o sin mí. Ya mosca, le planté que podía ahorrarse la espera y ella dijo entonces que si no iba yo mañana, no fuera tampoco pasado. La dejé plantada con la palabra en la boca. No es más que una criatura consentida que va siempre con el «yo» por delante, caiga quien caiga. No me conviene. Así. Después de todo, otras mujeres hay. Tonto soy en tomarme este sofoco. Si fuese otra cosa lo dejaría, pero Tochano dice que en Aldeachica entran las perdices planeando y son grandotas como gansos. A ella ya se le pasará, y si no se le pasa, aquí paz y después gloria. Otras más apañadas se quedaron para vestir santos.

13 diciembre, domingo

Llegamos a Aldeachica sin retraso y los Currinches nos aguardaban en la estación. Desde la estación se divisa el campo ondulado hasta los tesos de Quintanilla. Es un cazadero hermoso y la perdiz no tiene más defensa que la falta de maleza. Aldeachica, de no cazarlo en septiembre, no admite más que el ojeo. El primero lo dieron los Currinches sobre la Cotarra del Cuervo y bajamos cinco. Yo me lucí en un doblete de aúpa. La verdad es que se me metieron encima más de un ciento de ellas. Brillaba un sol vivo arriba y los bichos entraban planeando, confiados. En el segundo ganchito, los Currinches nos colocaron en la cortada de un camino. Las perdices aparecían de repente y no hubo manera. Así y todo, Melecio y Tochano hicieron una cada uno. A la hora de comer llevábamos trece y una liebre hermosa que ante los caños de Zacarías se puso a hacer títeres. Por la tarde, en el segundo ojeo, sentí batir el aire lo mismo que si se arrimara un ciclón. Me empiné sobre la mimbrera y vi venir el bando de avutardas. Me quedé sin habla. Le quise silbar a Melecio, pero los labios se me pusieron como tontos, y no respondían. Le hice una seña y él aprestó la escopeta. Volaban con todo el reposo y eran tan grandes que parecían aviones. Las encañoné fuera de tiro para asegurarlas, y las fui siguiendo por los puntos de la escopeta. Sentía una cosa en el pecho que no me dejaba ni respirar. De repente oí un tiro y la de la izquierda vaciló, la vi que perdía altura y entonces tiré yo sobre la más próxima. La zorra de ella se desplomó como un elefante. Marré el segundo por no reportarme. Cuando salimos de los puestos parecíamos un corro de locos. Se me hacía difícil creer que unos animales así, tan lucidos, no tuvieran dueño. Melecio había derribado otra y Tochano otra. Cuando las juntamos, Zacarías seguía mirando el bando con la mano en los ojos. De repente se puso a vocear que había pegado a dos y se echó a correr tierra abajo diciendo que una había caído sobre la línea del río. Aún dimos otro ganchito a la derecha de la vía y bajamos dos perdices. Camino del pueblo se nos juntó Zacarías. El tío venía negro y dijo que sin perro es bobada buscar un pájaro en la maleza. Tochano le dijo de cachondeo que ni que fuera un gorrión. El otro se puso de monos. Merendamos en la tasca de Peporro. El hombre había preparado una fabada en forma y teníamos apetito. Cuando empezamos eran las siete. Cogí el porrón y adentro.

No dejé de beber hasta que se pasaron las siete y media, y el recuerdo de Anita se largó. En el tren devolví. Di el espectáculo. Me metí en cama tan pronto llegué a casa.

18 diciembre, viernes

Cinco días sin ver a Anita. Que no olvide que si ella es burra yo lo soy más. Otras mujeres hay. A cambio, don Basilio nos largó hoy las dos mil a tocateja. Aún el señor Moro le hizo ver que de esta manera perdemos la grati de Navidad, pero don Basilio se cabreó y voceó que pedíamos más que un hijo tonto. El señor Moro le dijo que no lo tomara por ahí, pero don Basilio respondió, y con razón, que le dijera por qué otro sitio podía tomarlo. La madre se puso más hueca que un pavo real cuando le di los billetes. Llevaba unos días murria desde que Tino avisó que tampoco vendrán este año. El dinero no le empapa el llanto, pero le enjuga una lágrima, como diría el otro.

21 diciembre, lunes

Mañana el sorteo de Navidad. Llevo cinco duros en el Centro, cinco en el Secretariado y tres con Melecio. Si no toca este año, no toca nunca. Decididamente, si cae, mañana a estas horas soy socio de un monte. Cada día es menos rentable esto de cazar a rabo en campo abierto. Se muele uno por nada. Dice Tochano que en la Argentina hay una liebre en cada yerbajo. Por lo visto allá no se cotizan. ¡Ya podría ocurrir aquí lo propio! Si mañana tengo suerte, soy capaz de sacarme un pasaje y hacerme una nueva vida allí. El cuñado de Zacarías dice que aquél es el país de las oportunidades para el que quiere trabajar. ¡Habría que ver la cara de Anita cuando yo regresara de allá con un bote de ocho metros y una buena mujer a mi lado! Se lo dije a la madre y me salió con que si de veras pensaba trabajar sabiendo que había una liebre detrás de cada yerbajo. A fin de cuentas tampoco sería perder el tiempo fabricar conservas de liebre para la exportación. Claro que para eso hace falta un capital, pero, bien mirado, cinco duros en el gordo tampoco es paja. Quita pasajes y aún restan cerca de los treinta y cinco mil machacantes para iniciar el negocio. Se lo propuse a Melecio en cuanto llegó y el torda dijo que eso son chiquilladas. ¡Pamplinas! A fin de cuentas, yo solito tampoco me iba a perder. Con un pellizco en el tercero aún me arreglaba. Nadie me manda empezar con más de dos hombres: uno para deshuesar y escabechar las piezas y el otro para envasarlas. El mismo Ford no empezó más desahogado. Con el tiempo iniciaría incluso otro negocio con las pieles, porque la piel de las liebres, sin ser cotizada, puede ser útil. Incluso podría tomar negros para las faenas más duras. Dice don Rodrigo que el negro, sobre ser fiel, tiene gran capacidad de trabajo. Con la cosa encarrilada me vendría a Europa a buscar gerente. Tampoco don Rodrigo le iba a hacer ascos, creo yo. Ahora, eso sí, por mucho personal que llegue a tener, el encargado de matar las liebres seré siempre yo. No quisiera hacerme a la vida regalada. Dispondré de un equipo señor, una Jabalí repetidora, una jauría de setter y todas las comodidades que se quiera. Eso está muy bien, pero el alba me cogerá en la pampa y me llevaré cada día dos gauchos para que acarreen las piezas muertas. Claro que no me daré pechugones y cazaré con método y, desde luego, nada de laderas. Lo malo es que, tiro aquí tiro allá, pronto acabo con las liebres de la Argentina, y entonces... Sí, es una pega esa. De todos modos, para cuando las liebres quieran extinguirse, ya tendré el suficiente crédito para dedicarme al pescado. Cualquier cosa. Ya se sabe que dinero llama a dinero. Lo que hace falta es que toque el gordo mañana.

22 diciembre, martes

Nada. Otra vez cero. Me tiré la mañana frente a la pizarra del periódico, todo para ver que sigo siendo tan pobre como ayer, más pobre que ayer, ya que ayer por lo menos tenía ilusiones. Hoy, ¡mierda! Estoy aliquebrado y me duelen las muelas y me duele todo. Me giba haberme ido del pico con Melecio. Sólo me falta que cuando le encuentre se ponga de cachondeo.

24 diciembre, jueves

Cenamos mano a mano la madre y yo, pues la Modes no pudo venir porque tiene dos chiquillos con calentura. Luego bajamos a Misa del Gallo a los Agustinos. No vi a Anita. Estoy murrio.

28 diciembre, lunes

A mediodía recibí un paquete a mi nombre. Sí que me extrañó, pero lo abrí y me encontré con un ataúd del tamaño de una caja de zapatos. Le quité el broche y la tapa me pegó en los morros. Dentro estaba mi retrato junto al de Anita. No sé quién será el cipote que gasta esta clase de inocentadas. Del café no creo. Más bien el Pavo. Pero no; es más probable que haya sido la tipa de la Carmina. O el zángano de Tomasito. Como no sea que a Asterio le haya dado por ahí. ¡Vaya usted a saber! Si me gustaría saberlo, es para poder cantarle al que sea cuatro verdades.

2 enero, sábado

No salí la Nochevieja. El año pasado por estas fechas también Anita y yo estábamos de monos. Recuerdo que hicimos las paces en el baile de la Plaza. Fue cuando Melecio se cabreó con Serafín por lo de las bolas de mal olor. Sólo pido dos cosas al año nuevo: que la perdiz críe bien y que se resuelva lo de los obvencionales. A Anita que le den tila.

10 enero, domingo

Subí con Melecio a lo de Illera. ¡Vaya un tiempecito! Por si fuera poco, la perdiz se echa al río a escape o se esconde entre los tamarindos de la ribera. Y la Doly es demasiado señorita para sacarlas de ahí. Soplaba en forma el matacabras y yo llevaba las manos esmorecidas, sin fuerzas ni para apretar el gatillo. A mediodía bajamos al cauce a echar un pito y calentarnos. En un vuelo armé una hoguera, y Melecio dijo que no le haría ascos a quedarse al abrigo hasta la hora del tren. Yo no quería otra cosa y así lo hicimos. Como siempre, empezamos de recordatorios y acabamos en el Mele. ¡Qué barbaridad! Melecio es un hombre alrededor de una idea. Saltó con que el Mele al nacer tenía la cabeza como un cacahuete, y que entonces se asustó, pero que ahora no se asustará. Ya le dije que a lo mejor no era igual, pero el tío se mosqueó y dijo que el Mele siempre sería de la misma manera. Para cambiar de conversación le conté que había terminado con Anita. Sobre las cinco caímos por la estación. Encontré a la madre acostada, otra vez con sus mareos.

13 enero, miércoles

La noche pasada me limpiaron el sillín de la burra. Lo que faltaba para el duro, vamos. Lo grande del caso es que sólo Crescencio y el señor Moro tienen la llave de la carbonera. Me fui donde la Carmina, que es la fija, y me salió con que qué pito tocaba ella en ese pleito. Ya le dije que ella guardaba una llave de la carbonera y que no había más que otra. Se puso burra y me preguntó si no tenía mejor manera de llamarla ladrona. A las voces salió el viejo y empezó con que no sabe si porque la cerradura va mal, pero la puerta está abierta un día sí y otro también y allí entra y sale todo el que quiere. Ya quemado, le planté a la Carmina que me había dirigido a ella porque no era la primera vez que la cogía en un mal paso. El candongo del viejo vino a mí y se puso a zamarrearme. Le voceé que no me tocara, no se me fuera a soltar la izquierda y le partiese los hocicos sin intención. La tía candaja todavía voceaba como si llevara razón. Terció Crescencio y nos separó. Esto le pasa a uno por tratar con gitanos. Nada más. A la tipa esa le voy a dar un día un soplamocos bien dado para que aprenda a respetar. ¡No te giba la guarra de ella alzando el gallo todavía!

15 enero, viernes

La madre se puso esta tarde a la muerte. Andaba recogiendo las migas y le dio el telele sin más. Cuando la llevé a la cama tenía los ojos vueltos.

Por Crescencio envié recado al doctor. Tardaba en llegar y, en tanto, la madre volvió en sí, pero no conocía. No acertaba a hablar tan siquiera. Luego me preguntó el doctor si nunca había sentido nada y le dije lealmente lo de los mareos y que volvía un ojo cuando le daban. Se cabreó por no haberle avisado antes. ¡Anda, que si a cada mareo hubiera que avisar al doctor, aviados íbamos los pobres! La madre hacía gestos y el doctor dijo que pedía confesarse y que estaba para ello. Mandé recado a la Modes y me fui donde don Florián. El hombre la confesó, pero como la madre no se explicaba terminaron a las tantas. La Modes pasó la noche en casa.

Apenas he pegado el ojo. Sentí todos los trenes hasta las siete. Digo yo si esto de la madre no será de los nervios.

19 enero, martes

La madre sigue en cama. Tan quietecita y tan blanca parece una difunta. Dice la Modes que más ganaríamos si el Señor se la llevase. ¡No te giba! Eso que sólo viene por las mañanas a hacerme la merienda. La fregadera corre de mi cuenta y ayer me hice la colada. Menos mal que Melecio me acompaña un rato todas las tardes.

Ayer subió Aquilino, que no sabía nada, a presentarnos a la Lourdes. No está mal de cuerpo, pero se ríe como un caballo. Estuvieron un rato con Melecio y conmigo, porque la madre se fatiga si intenta hablar. Desde el viernes ando por la casa como tolondro. Anita no se me va del pensamiento.

21 enero, jueves

Los de la Universidad se presentaron esta mañana a sacar a los chicos por lo de Gibraltar. Les dije que aguardasen a que avisara a los profesores, pero se pusieron conmigo como si yo fuera Churchill. ¡Qué cosas! Luego me largué con ellos. Llevaban dos banderas y llenábamos la calle. Nos llegamos donde el hotel Londres y allí quisieron volcar un coche extranjero que había a la puerta. Menos mal que un estudiante se puso por medio y dijo que no, que era holandés. Algunos se liaron a tirar piedras contra el cartel, y entonces don Benjamín se asomó a un balcón y les enseñaba un carnet. Daban tales voces que no dejaban oírle y se veía que el pobre hombre quería decir algo y, al no poder, sudaba por cada pelo una gota. Salió el Zoilo entonces con una bandera y la puso sobre el cartel. El tío se llevó una ovación que ni Cagancho. Luego subimos hasta el Gobierno Civil pidiendo Gibraltar.

Por la tarde, se presentó Melecio como loco y me dijo que el Mele había llegado y que tenía la cabeza exactamente como un cacahuete. A la noche pasé a ver al crío, y la Amparo estaba con un ataque de nervios. Ciertamente el chavea es igual que el Mele. Melecio, el hombre, andaba de acá para allá más contento que unas Pascuas.

La candaja de mi hermana cada día viene menos. Ha debido pensar que si la madre ha de seguir viviendo con un paralís, más vale que me vaya apañando solo.

23 enero, sábado

La madre no marcha para atrás ni para delante. Sigue lo mismo que un saco; ni siente ni padece. Dice el doctor que igual puede tirar dos meses que dos años, pero que esto es el fin. Anteanoche le puse cuatro letras al Tino y hoy se presentó en el gallego. La madre, como si le enseñase un palo. Le pregunté a mi hermano por el chaval y me dijo que tanto eso como lo de la Veva tiene mal arreglo. Le dije si es que no quedó bien la Veva de la operación y me contestó que no hubo tal, que abrieron y cerraron, porque hay cosas que es mejor no tocarlas. De madrugada se largó con viento fresco. Eso sí; me recomendó mucho que cuide a la vieja. Aquí todo el mundo se espanta las moscas y si la casa está abandonada y uno tiene telarañas hasta detrás de las orejas, que se aguante. Cada día que pasa me doy más cuenta de que un hombre necesita una mujer. Y no es aquello de que ellas lo quitan y ellas lo ponen; ellas hacen lo que deben, tienen su orden y nada más. Si Anita estuviese aquí, las cosas rodarían de otra manera. Pero no. Ahora menos que nunca, porque lo que la chavala no quiere es complicarse la vida a los diecinueve años. Cada uno es como es y no hay por qué darle vueltas. Una madre, como la salud, no se sabe lo que vale hasta que se pierde. Uno se mete en la rutina de cada día y no ve más allá de sus narices. Eso pasa. Y uno es tan panoli que sin perder la escopeta sabe que no puede vivir sin la escopeta, pero sin perder la madre no sabe que la madre representa para él tanto como la escopeta, y que no puede vivir sin ella. Ahora veo a la madre donde antes no la veía: en el montón de la ropa sucia, en el bando de gorriones que revolotea en la terraza, en el Talgo que pasa cada tarde o en el Sagrado Corazón iluminado. Pero cuando la madre afanaba en silencio, yo no la veía, ni sabía que en sus movimientos había un sentido práctico. Si Anita viniera sería otra cosa, pero Anita no vendrá, porque los pingos de las Mimis ya se encargarán de advertirla que esto es una encerrona y que una mujer a los diecinueve años no está en edad de ponerse a lavar los calzoncillos a un hombre. Aquí nadie quiere saber nada y uno ha de comerse su desgracia a palo seco.

Duermo mal. Llevo tres noches sintiendo el exprés de Galicia y hoy es fijo que volveré a sentirlo.

25 enero, lunes

Ha estado nevando todo el día de Dios. En la azotea hay un metro de nieve. Mi hermana no apareció hoy viva ni muerta.

Al oscurecer salí a la azotea a ventilar la cabeza y, de pronto, sentí que me llamaban desde la calle y me asomé. Se me doblaron las piernas al ver a la Anita. Ella me hizo señas de que subía y mientras la aguardaba noté una cosa así en el pecho, justamente como el día que caí la avutarda. La panoli se arrancó a llorar al llegar junto a mí. La pregunté que qué pintaba aquí a estas horas y ella no hacía más que llorar y, finalmente, respondió que Asterio la había contado todo y que pensó que si la madre andaba así quién me iba a preparar los arreos para salir al campo. Hemos pasado más de dos horas parlando a lo bobo. No sentí el matacabras hasta que ella se largó. Entonces sí, se puso a silbar en forma en la boca de la chimenea y sacudía la persiana contra los cristales. He dormido mal. Sentí el exprés de Galicia.